カッコウの卵は誰のもの

布谷鸟的蛋

〔日〕东野圭吾 著　孟海霞 译

新经典文化股份有限公司
www.readinglife.com
出 品

布谷鸟的蛋

1

迎着纷飞的小雪，她出发了。上半身抬得偏高，这一点让他有些在意。这是她过于紧张时常犯的毛病，但在过了几个旗门以后，她的动作不再僵硬，板刃的控制也变得利落洒脱。即使滑到陡坡时也毫不胆怯，勇猛果决地冲锋，这是她的独特风格。

正要滑到缓坡时，她出现了一个小失误。还是老问题，关键时刻一过，注意力就开始不集中，这样即使能在国内比赛中获胜，在国际大赛中也行不通。果然，在之后的缓坡，她一直提不上速度，没能留下让人惊艳的成绩，但总体上滑得还算差强人意。她到达终点，歪了歪脑袋，像在揣摩着什么。

看到这里，绯田宏昌拿起 DVD 遥控器，将影像回放至过陡坡处，换成慢放。绯田注意到，她冲过旗门的姿势有问题。

找到那一瞬间，绯田按下遥控器的暂停键。屏幕上显示的，是女运动员的左肩正要撞上旗门杆的画面。绯田倾身向前，把脸凑近屏幕。

"重心压得太低了。"他嘟囔道。这时，有人喊他。他看向门口。

穿着深蓝色 Polo 衫的女职员正往里看。"绯田先生，有客人要见您。"

"哦。"绯田点头，"好，让他进来吧。"

"好的。"女职员答应一声便离开了。

不一会儿，一名男子走了进来。他穿着一身剪裁合体的灰色西装，身材健硕，年龄在三十五岁上下。"打扰了。"男子说着递上名片，上面印的是"新世开发运动科学研究所副所长柚木洋辅"，和先前联系时说的一样。

"请坐。不好意思，房间太小了。"绯田示意对方坐折叠椅。办公室里堆满了纸箱和文件柜，显得屋子十分狭窄，如果工作人员和教练都回来，恐怕连坐的地方都没有。

"谢谢。"柚木弯腰坐下，视线集中到了某一处。绯田注意到他盯着电视屏幕，赶紧拿起了遥控器。"等一下。"柚木说，"这是绯田风美吧？"

"啊，嗯。"

"请问这影像是从哪儿弄来的？"

绯田把放在旁边的信封递给柚木，上面写着"绯田宏昌收"。"是高仓教练寄来的，好像是前几天集训时录的。"

"是去加拿大的集训吧？太棒了！能让我看看吗？"

"可以。"绯田递过遥控器。

柚木摁着遥控器，从头开始播放影像。屏幕上风美开始滑行。绯田和刚才一样，目不转睛地盯着屏幕。

等风美滑完全程，柚木停下影像。"觉得怎么样？"柚木攥着遥控器问，目光里交织着野心与好奇。

"什么怎么样？"绯田特意压抑语调，平静地说道。女儿滑雪的表现被人欣赏，心里的确很高兴，但若是让柚木以为他欣喜若狂就不大好了。

"我想听听绯田先生的感想，从父亲的角度也行，以曾经的奥运会运动员身份来谈就更令我感激不尽了。"

绯田哼了一声。"现在的运动员可真幸福，不是什么正式比赛却能全程录像，还能去国外集训。如今这么不景气，公司却挺舍得花钱。"

柚木苦笑。"风美是他们寄予希望的新星，所以公司才不惜高价投资。有没有什么技术方面的建议？我最近要去见高仓教练，到时也能把您的建议告诉他。"

绯田像赶苍蝇似的挥挥手。"得了吧。你是运动科学专家，应该明白我那二十年前的滑雪技术已毫无用处，而且我已经把女儿完全托付给高仓教练了，没什么可建议的。你就替我转告一句'多关照'好了。"

柚木的表情变得郑重起来。"确实，因为装备发展、规则变更等因素，滑雪技术每年都在发生变化，有些理论放到现在已经行不通了，但这并不意味着滑雪这项竞技运动与以前完全不同了，它仍然是用两条腿蹬着两块板子从雪上滑下来。那么，从'能够高效完成滑雪运动的身体'这一角度来看，二十年前和现在没多大差别，或许也可以说是毫无差别。"

"你到底想说什么？说起来，我还没问你的来意。"绯田看了看桌上柚木的名片，"小谷部长只说希望我能协助运动科学的研究人员。"

柚木挺直了后背。"也许您听说过，我们正在进行全面的运动科学研究。我们想找到一种可以科学地发掘运动员天赋的方法，为此投入了大量精力。"

"我听说过。"

"我们密切关注的是基因。很遗憾，人类在运动能力方面并不平等。当然，若只是出于兴趣玩一玩，运动能力有差别并没什么问题，但若要判断一个人能否成为世界级运动员，天赋便非常关键。这就是我们的主张。"

柚木的语气很热切，然而绯田听来只觉不快。"我们年轻的时候，听到的说法都是'没有什么天赋可以胜过努力'之类的。"

"努力是必要的。"柚木说，"依靠天赋只付出五十分努力的人，不可能胜过付出一百分努力的人，但是，如果大家都付出一百分的努力，最终一决胜负就要靠天赋了。"

绯田用指尖轻叩桌面，他知道这是自己焦躁时的习惯。"人的想法各有不同，我无意对你们的研究指手画脚。那么我想问一下，你为什么特意来见我？"

柚木点头，把文件包放到膝上，取出一本文件夹，上面的标题是"关于F型与竞技特性的研究"。"全世界都在做和我们关注的项目相同的研究，目前已发现几十种与运动能力有关的基因，但还没有人弄清哪种基因能影响哪种运动、能影响到何种程度。比如快跑，并非爆发力越强就越好，还涉及技巧、神经递质等因素，平衡感和节奏感也不能忽视。至于球类运动或格斗项目，那就更复杂了。要将哪种基因以哪种方式排列组合，才能塑造出适合哪种运动的身体，这才是最大的课题。"

绯田仔细打量着柚木。虽是研究人员，他却晒得很黑。"你是想让我帮助你们解决这个课题？"

"正是如此。如我刚才所说，重要的不是基因，而是基因如何排列组合。我们分析了众多顶尖运动员的基因，结果——"柚木翻开文件夹，"终于发现了几种类型。其中一种被我们称为F型，具有F型基因组合的运动员擅于处理视觉信息，身体平衡性极佳，并具有足以应对情况瞬间变化的快速反应能力。请看这张图，这是具有F型基因组合的人和普通人的运动能力测试比较，二者明显不同。"

那一页上画着几个详细的图表，但绯田没有细看，把文件夹推了回去。"不必解释了。你到底希望我做什么，请开门见山。"

柚木猛地探出身子。"拥有F型基因组合的人和普通人的运动能力有显著差异，遗憾的是日本人里F型基因组合很少见，我们认为这可能就是日本总出现不了世界级运动员的原因，不过最近我们发现了一名拥有F型基因组合的运动员，不是别人，正是您的女儿绯田风美。"

绯田缩回身体，尽量远离柚木。"这样啊。然后呢？"

"您不觉得很有趣吗？一个女孩逐渐成长为能代表日本的滑雪运动员，还具有极其罕见的运动基因，她的父亲是前奥运会运动员。我们研究人员当然想刨根问底：她的父亲呢？她的父亲拥有怎样的基因类型？俗话说'青蛙的孩子当然是青蛙'①，这应该能在科学上得到证实，不是吗？"

"一派胡言！"绯田重重地甩出这句话，"刚才我就想，或许你会说出这么一番话。果然如此。真是胡说八道！抱歉，我协助不了你，你回去吧。"

"请等一下！说是协助，其实也没什么大不了的，只要先让我们检测一下基因就行。如果能够检测出您拥有F型基因组合，就请您

---

①日本谚语，原文为"カエルの子はカエル"，意为孩子的个性和天赋通常与父母相类似。

和您女儿一起到我们研究室来——"

绯田把手伸到柚木眼前,制止他继续说下去。"我祝你们的研究取得成功,但是,请不要牵扯我和我的女儿。我教她滑雪,把我所有的技术要诀都传授给了她,但我教得更多的是让她记住努力的重要性。我始终认为,天赋是不会遗传的,而且你漏掉了一件重要的事。"

"什么?"

绯田长出了一口气,开口说道:"那就是,我没有什么天赋。虽然几次出征冬奥会,但是都没能得奖,甚至连名次都很靠后。我只是个平凡的运动员。"

"哎呀,不是啊——"

"请回吧。"绯田站起身,深鞠一躬,"请找找别的这种人才吧。"

"正因为找不到别人,所以才来找您的……"

"你可以去找肯·葛瑞菲父子[①]。"

听绯田这么一说,柚木哑口无言,摇了摇头。"好吧,我今天先回去,但我不会放弃,一定会以别的方式再次造访。"

"来几次都一样,我不会帮你们。"

"您既然教风美滑雪,理应对她的优秀天赋感到惊讶才对。您就不想知道这份天赋源自何处吗?"

"我对天赋不感兴趣。对于运动员来说,重要的是努力和结果。你到底要让我说几遍!"

柚木叹了口气,把文件夹装进包里。"我还会再来的。"

"我希望你下次来是因为别的事。要是来谈发现了有效的减肥方

[①] 美国职业棒球大联盟中最有名的一对父子,在老葛瑞菲的带领下,小葛瑞菲获得了美国职棒大联盟金手套奖。

法什么的,我十分欢迎。现在经济不景气,我们健身中心都没什么新会员加入,我正发愁呢。"

"这方面的专家我们也有,我回去问问。"柚木一本正经地说完,离开了办公室。

绯田坐回椅子上。他注意到屏幕上风美的影像还静止着,于是拿过遥控器,再次从头播放。

青蛙的孩子当然是青蛙吗?

是的,正如柚木所说,刚教风美滑雪不久,他就发现风美天赋出众,并为之欢欣鼓舞。他想,不愧是我的孩子,看来风美完美地继承了我。

但是,柚木,事实并非如此啊——盯着勇猛果敢滑行的风美,绯田在心中小声说道,她的天赋与她父亲毫无关系,如果绯田宏昌算是她父亲的话。

2

十九年前——

在圣莫里茨的山中小屋，绯田收到了喜讯，是一份来自日本的传真。

绯田正因在当天比赛第二次滑行时犯了偏离雪道的失误而沮丧，接到这则喜讯后，心中转瞬间便被幸福填满了。

传真上是这样写的：

一月十七日，上午十点二十五分，是女孩。

我和宝宝都很好。宝宝想早日见到爸爸呢。新手爸爸今天成绩怎么样？我们还要在医院待一段时间，做各种检查。我们会在公寓等爸爸回日本。要给宝宝想好名字哦。

智代

拿着传真，绯田当场高呼"万岁"。好奇的队友跑来问他怎么回事，他把事情一说，队友马上把喜讯告诉了其他同伴。

日本高山滑雪队一直以来成绩不佳，士气低迷，这则喜讯让全体队员露出了许久不曾展现的明朗表情。晚餐时，不光是男运动员，就连女运动员也都来到绯田身边，向他道贺。

绯田迫不及待地想慰问妻子，向她道谢，但妻子还没出院，他打不了电话。

那天晚上，绯田和几个关系亲密的同伴在酒吧喝到很晚。最为绯田感到高兴的，是他的好朋友、担任教练的高仓。

"你的心愿可算达成了。"高仓往绯田的杯里倒满啤酒。

"托你的福。"绯田喝了一口酒，觉得今天的酒比任何时候都要好喝。

"这样就可以定下一个目标了。"

"差不多吧。"绯田笑起来，"要是跟我老婆这么说，她肯定要说我太性急了。"

"才不是呢。在欧洲，两岁小孩就让穿滑雪板了。"

"嗯。"绯田点头同意。

"下一个目标是什么？"在旁边喝酒的年轻运动员问。

"绯田他像你这么大的时候啊，"高仓说，"目标是登上奥运会的领奖台；四年以后，目标变成在世界杯上获奖；又过了四年，长久坚持在第一线滑雪成了他的目标，就像现在这样。为了这个目标，他都这么大年纪了还从公司辞职，把怀孕的老婆扔在家里好几个月。但现在，这个目标也变得越来越渺茫，看今天的比赛就知道了，'暴滑小子'绯田也要面对现实啦。"

"教练……"年轻运动员面露尴尬之色。

"没关系，这是事实。"绯田露出苦笑，"在那种斜坡居然也能失去平衡，是该退役了。"

"可您第一次滑的时候，成绩是最好的！"

"你说的是在日本运动员中吧？你们的要求太低了。"

年轻运动员听了有点难为情，变得没精打采。

"所以啊，当年的暴滑小子已经在想，"高仓把手搭在绯田肩上，"靠自己是实现不了目标了。所以，他干脆把梦想托付给自己的分身——孩子的身上。让自己的孩子站在奥运会的领奖台上，就是他的下一个目标。"

年轻运动员认同地点点头，注视着绯田。为掩饰难为情，绯田一口喝干了杯中的啤酒。

"还没见到孩子就被大家笑话是个糊涂老爸了。"

"没那回事，况且，绯田先生您还能滑。您再拼一拼，坚持到您女儿能理解您对滑雪的热爱，这样不更好吗？"

听到年轻运动员的客套话，绯田什么也没说，微微一笑。

"当然不用说啦，肯定要让这家伙再拼一拼的。不过像国内的比赛，如果这家伙一直活跃在赛场，你们可就发愁喽。总之，你们的时代不到来，日本的高山滑雪就没有什么未来！"

可能高仓的话听起来着实刺耳，年轻运动员耸耸肩，离开了座位。

目送年轻运动员远去后，绯田嘟哝道："我已经下定决心了。"

高仓好像猜到了这句话意味着什么。"这样啊。"他回应道。

"把我排除在外吧！让年轻运动员积攒些经验。"

"一听到孩子出生，就归心似箭了？"

"不是。"

"那你别说这些言不由衷的话。我知道，你把一切都赌在这个赛季了，为此好几个月都在山里训练，不是吗？"

听了高仓的话，绯田垂下视线，下意识地揉着左膝。自从三年前半月板受伤，这已成了他的习惯。

"不管怎样，祝贺你！"高仓高举酒杯。

"谢谢。"绯田拿起旁边的啤酒瓶。

那天晚上，绯田几乎彻夜未眠。女儿的出生让他极度兴奋，再加上他想着要给女儿起个好名字，于是越想越清醒。等借助酒的力量终于昏沉入睡之际，窗外已经微亮了。

便笺散乱地放在桌上，其中一张纸上用圆珠笔写着"风美"。

绯田第一次见到女儿是在大约两个月后。他最终还是没能在世界杯赛场上斩获任何奖项。

女儿的出生证明是智代去办的。起名叫"风美"的宝宝躺在从折扣商店买来的婴儿床上，睡得正香。

"简直像个洋娃娃。"绯田抱着婴儿轻声说。婴儿散发着奶香。

智代微笑着，但看上去疲惫不堪，十分憔悴。绯田以为这是她还没习惯带孩子，所以累坏了。绯田约有十个月没有见到妻子了。妻子怀孕期间肯定非常辛苦，而他没能帮上一点忙，对此他颇感内疚。

去欧洲集训是在得知智代怀孕前就定好的。他也曾想过放弃出国。绯田和智代的父母都已不在世上。智代能自由活动时还行，但临近生产时身边没有人照顾怎么行呢？

但是智代坚强地告诉他："我还有朋友啊，总会有办法的，反正一进赛季你也几乎不在家。要是你因为放弃了去欧洲，结果成绩下降了，我会觉得很抱歉，反而不好受。我会努力生个健康的宝宝，你就安心集中精力训练吧。陪伴家人可以等到你退役以后，这个我们之前不是商量好了吗？"

听了妻子的话，绯田十分感激，也再次下定决心，要作为滑雪运动员燃尽最后的热情。

"滑雪的事，以后就交给这孩子啦！"绯田抱着女儿说。

"你要退役？"智代不安地抬眼看他。

"还不知道。不过，"绯田继续道，"已经没什么可留恋的了。对了，我找到了新工作。为了宝宝，我得努力工作。"

绯田没花多长时间就找到了新工作。一家有滑雪部的食品公司邀请他做运动员兼教练。"运动员兼教练"这个说法，应该是出于维护他的自尊心的考虑，毕竟他还没有宣布退役。

一年之后，绯田正式退役。他虽曾征战过奥运会，报道他退役的新闻也只占了一块小小的位置。

发现妻子智代的异常也是在那个时候。其实绯田曾多次觉得妻子怪怪的，但当时他还是现役运动员，没有时间去琢磨妻子的事情，偶尔回家也只顾逗弄女儿，对妻子毫不关心。

智代和以前明显不同了。即使有高兴的事也不怎么笑，经常陷入沉思。她几乎不外出，也不再和朋友聚会，一天中大部分时间都只和女儿在一起。她还越来越焦躁，因为一点小事就发火或郁郁寡欢，有时又会突然兴奋，乱蹦乱跳，让人感到明显不对劲。她的神经也变得极度敏感，电话铃声、门铃声都能吓她一跳。绯田觉得妻子可能得了育儿焦虑症。想到这也是因为他迄今没帮上什么忙造成的，更是让他自责不已。

退役后，绯田有了些空闲时间，他尽量陪伴妻子女儿。但是，即使他想在难得的假日带她们出去游玩，智代也不太高兴。"在家里悠闲自在不好吗？不管去哪儿都那么多人，太累了。在家里和风美一起玩玩就好。"因为平时家里大事小事全盘交给妻子,所以妻子这么一说,绯田也无法反驳。他以为妻子太累了,所以哪儿也不想去。

虽然状态如此,但智代对女儿风美的深情呵护就连绯田也佩服不已。她永远注视着女儿,总是把女儿的健康和幸福放在首位。风美哪怕是只得一点小病,她都担心得整夜不睡,忘我地照顾孩子,差点把自己累倒。每当看到她这个样子,绯田都会感叹母亲是多么伟大。

一切都看似顺利无比,绯田过着退役前便想象过的幸福生活。然而,这样的幸福并没能长久。

退役后的第一个夏天,绯田带领滑雪部外出集训时,收到了一个令人难以置信的通知——智代从公寓的阳台坠落。他家在五楼。

绯田匆忙赶到医院。等待他的是已经辞世的妻子。妻子的头上缠了好几层绷带。

他跪在床边,握住妻子冰冷的手,拒绝接受现实。他觉得一切都是假的,坚信妻子下一秒就能睁开眼睛。突然,他发现自己的膝盖已经濡湿,原来他已在不知不觉间泪流满面。他喊着妻子的名字哭号。

据警方调查,意外坠亡的可能性很小,也没有被人推落的迹象,只能推断是自杀。当警察询问绯田平时有没有觉察到什么时,他只能回答"完全没有"。智代没有留下遗书,但私人物品不知何时已收拾整齐,说明这是一场精心准备的自杀。

幼小的风美并不能理解发生了什么,每天总是问他"妈妈去哪儿了"。绯田当然不能跟女儿讲真话。他检查智代的物品,试图找到她烦恼痛苦的原因,但没有发现任何蛛丝马迹。是得了育儿焦虑症吧？周围的人都这么说。绯田也只能如此认为，因为智代生前确实变得很奇怪。

于无法释怀之中，岁月无情流逝。对绯田来说，就连走出家门都会感到痛苦。但他不能一味沉湎于悲伤。他觉得唯有把风美培养成才，才是对智代最好的纪念。

绯田辞去教练工作，在位于札幌的一家健身中心再次就职。收入减少了，但时间上比较自由。

他耗尽全部精力，对女儿倾注了完全不输于智代的爱。风美没辜负他的付出，茁壮地成长着。在她迎来人生的第三个冬天时，绯田向着在圣莫里茨之夜定下的目标，迈出了值得纪念的第一步——把女儿带到了滑雪场。

当然，最初主要玩雪橇。但绯田会在风美面前滑雪，留意她的反应。他不想逼迫她，因为如果她本人不想滑，逼迫她也没有任何意义。

第一次去滑雪场时，风美只要玩雪橇就很满足了。但第二次去时，她说出了绯田期待已久的话："我也要像爸爸那样滑！"其实，当时绯田已经在汽车后备厢里放上了给女儿用的滑雪器材，是请奥地利友人特别定制的。他马上把滑雪板穿在了女儿脚上。

凤愿得偿，他开始指导女儿。为了这一天，他向很多顶级滑雪运动员请教了指导幼儿滑雪的方法。给三岁孩子讲理论是没用的，最开始应该做的，是让孩子记住滑雪板与雪面接触时的感觉，让孩子像适应新鞋一样去适应滑雪板——那位奥地利友人这样建议他。

风美迅速适应了用套在脚上的长板子在雪上滑。不仅如此，绯田还没怎么教她，她就学会了转弯。绯田十分欢喜。只要时间允许，绯田就会教风美滑雪，全心全意地指导。即使被要求做些有难度的动作，风美也能够尝试几次就掌握要领，更是让绯田欢天喜地。

一上小学，风美便加入了少年滑雪俱乐部，那时她已经具备了俱乐部顶级运动员的实力。没花费多长时间，她就成了实力最强的运动员。小学三年级的时候，绯田风美的大名在当地滑雪界已经无人不知。她在小学生的比赛中从无败绩，连男生也赢不了她。

五年级的冬天，风美以试滑员的身份参加了一个成人比赛的回转项目。试滑员即在运动员比赛前先滑、平整赛道的人。她刚一滑出起点，大会组织者就瞪大了眼睛。为成人设计的高难度赛道，竟被一个小学女生以出色的技巧征服了。即使是听过绯田风美大名的人，甚至是几次见证过她实力的人，都惊讶得说不出话来。绯田请求相关负责人以非正式的方式测了风美的用时，没想到所用时间竟比冠军还短。负责人只好恳求绯田保密。

绯田人生中的第二次挑战——培养风美的计划在稳步进行着。高中的滑雪强校也早早给风美发来了邀请。

发现那个令人惊讶的东西，是在风美上六年级的冬天。那天，风美去参加滑雪俱乐部的练习，绯田在家大扫除，他们预定来年春天搬家。父女俩一番交谈后决定，借着风美升初中的机会，搬到更能集中精力训练的地方居住。

绯田正要扔掉智代的梳妆台时，在抽屉深处发现了一张折叠着的旧剪报。起初他以为是垫衬用的，正准备扔进垃圾箱时，目光停在了一篇新闻报道的标题上："新生儿在新潟一家医院突然失踪——护士因准备晚餐未能察觉"。此时，绯田心中并没有忐忑不安的感觉，但还是继续读了下去。这只能说是直觉吧。报道称，在新潟县的一家医院里，一个刚出生不久的女婴被偷走。新潟县警搜查一科和长冈警察局认为，这很可能是一起针对未成年人的恶性绑架案。

绯田确认了报纸的发行日期、案件的发生日期后，起了一身鸡皮疙瘩。那和风美的出生日期太接近了。不会吧？绯田难以置信。智代不可能做出那样的事。可是，他并没有能够断言的客观证据，不禁忐忑起来。

智代生产的时候他不在场。不仅仅是生产的时候，连生产之前几个月的情形，他都一无所知。智代没有母乳，说是体质问题，但现在回头想想，更让人心生不安。风美出生后，智代极其讨厌外出，一直比较古怪，更加证实了绯田的不祥预感。风美有一双眼尾上挑的大眼睛，五官比较立体，这既不像智代也不像绯田。朋友还曾调侃说："你女儿的长相和滑雪的本事，都是青出于蓝啊。"

最重要的是，智代的自杀之谜能够解开了。她是不是受不了良心上的谴责，于是选择了死亡呢？

几天后，绯田拜访了那家智代生下风美的医院。这还是他第一次到访。在医院里，他出示了身份证明，请求查看妻子的就医记录。等了好久，绯田拿到一个匪夷所思的结果。院方回复，根本没有智代生产的记录。

3

在绕主运动场而建的雪道上,一个年轻人朝柚木等人滑过来。年轻人脚上穿的是滑轮滑雪板。这种滑雪板是由越野滑雪用的滑雪板改造的,在滑雪板前后安装了滑轮。

年轻人双手操纵着滑雪杖,用尽全力地滑着。一圈五公里的雪道连滑三圈,的确比较痛苦,虽然他戴着墨镜,但还是能看出他面容都扭曲了。

年轻人从柚木等人面前滑过,贝冢按下了秒表。

"怎么样?"柚木问。

"又缩短了一分多。"贝冢让柚木看秒表,"滑一次就刷新一次纪录,真想象不出他能发展到什么程度。"

柚木苦笑。"身为教练,说这样的话是想怎么样啊。"

"说是这么说,不过有时越教越害怕。这小子真的是颗金蛋啊,好到让我变得很谨慎,生怕一不小心指导错了。"

"我们相信贝冢教练的指导是一流的,才决定把伸吾交给你。谨慎一点可以,但希望你能自信地去指导他。"

"明白，我只是对他的天赋感到震惊。你们真厉害，只通过基因就挖到了这棵好苗子。将来，这可是一笔非同寻常的生意。"

"能不能行还得看你的本事，请多费心。"说完，柚木看向刚刚滑完的年轻人，"我和他说两句话行吗？"

"行。不过提醒一句，那小子好像不怎么喜欢你。"

柚木耸了耸肩，说："我知道。"

鸟越伸吾摘下滑轮滑雪板，边调整呼吸边做拉伸。他身高一米七，和其他高中一年级学生比不算特别高大。柚木走近他身后，想着要是再长高点就好了。

"滑得不错。"柚木招呼道。

伸吾回头看了一眼，没有搭理柚木，继续默默地做拉伸。并不是他呼吸急促而无法说话，应该只是不想说。

"不久就能在雪上滑了，期待吗？"

"无所谓。"

"总这么用滑轮滑，很没意思吧？"柚木拿起滑轮滑雪板。

"在雪上不也得做同样的事吗？"

"真正的滑雪和滑轮滑雪可不一样，必须掌握的技巧也要增加许多，当然会更有意思。"

"是吗？"伸吾歪头思考着。

"贝冢教练说了，他能让你在毕业前成为高中前三强的选手。我告诉他，目标才这么大可不行。我想让你在下下届奥运会拿奖牌！"伸吾不搭话，依然绷着脸。看来还需要点时间，柚木想。等到能出战越野滑雪赛，登上领奖台，伸吾肯定会感到无比骄傲，感谢引导他走上这条路的人。"总之，保持现在这个劲头，继续努力吧！"柚木拍了拍伸吾的右腿，站起身，向滑雪场另一头的建筑走去。那栋建筑上挂着牌子，上面写着"新世开发运动科学研究所"。

"新世开发"是一家靠兴建酒店和娱乐设施发展起来的公司，最近除了主业以外，还涉足健身中心经营和保健食品开发。设立这家研究所也是其中一环，负责进行各种与体育运动相关的研究。曾为大学副教授的柚木被招聘进来担任副所长，一个很重要的理由就是他的研究课题被认定为有利于推进研究所的某项计划。

这项计划就是通过基因寻找适合从事体育运动的人才，尽早给予他们最恰当的指导，将其培养为优秀的运动员。正如贝冢所说，此技术如能确立，将是一笔非同寻常的生意，就和过去天价交易的兴奋剂技术一样。不同的是，兴奋剂是违法的，会毁掉运动员的运动生涯，而根据基因来发掘天赋是合法的，能为运动员开拓一片光明的未来。

就像柚木向绯田解释的那样，重要的不是基因，而是基因的排列组合。柚木的研发团队已经发现了好几个拥有显著性差异的类型，绯田风美等人拥有的F型基因组合便是其中之一。还有另一个引人注目的排列组合，则是B型基因组合。拥有B型基因组合的人，体内的能量转化极其有效，肌肉耐力与心肺功能极强，适合参加中长跑、自行车、越野滑雪或赛跑等项目的比赛。

日本人体格不够强壮，相较于讲究爆发力的运动，在马拉松等讲究耐力的运动里更容易与外国运动员公平竞赛。找到拥有B型基因组合的孩子，是研究所展示成果的捷径。但是，要去哪里找那样的孩子呢？挨个筛查并不现实，正式检测又太耗费时间与金钱，而且他们已经判明，拥有完美的B型基因组合的人极少。于是，柚木等人决定列出耐力优秀者的名单，逐一检测其基因，先从中找出拥有B型基因组合的成年人，然后再调查其亲属。

此次调查的样本中就有鸟越伸吾的父亲——鸟越克哉。鸟越克哉是个登山家，多次成功无氧登顶八千米以上的高峰。检测结果显示，鸟越克哉拥有完美的B型基因组合。他的身体具有优秀的红细胞生产能力，能为身体输送大量氧气，肌肉和内脏可以长时间承受负荷。对于从事耐力型运动来说，他的身体非常理想。

然而，让柚木等人兴奋不已的并非这件事。他们调查发现，克哉的儿子伸吾也拥有完美的B型基因组合，而且他还只是个初中生，今后如果着力培养，前途无量。

不久，柚木向新世开发运动部建议，将鸟越伸吾选拔为越野滑雪运动员。柚木认为，这个少年大放异彩只是时间问题，并且那并非结束，而是真正的开始。不仅是耐力型运动，为所有的竞技项目输送优秀运动员，向全世界展示自己团队的这项研究有多伟大，才是柚木的蓬勃野心。

柚木回到座位，开始浏览邮件。这时，旁边的手机振动起来，来电显示是小谷——新世开发运动部的部长，柚木的上司。

柚木接起电话，收到火速赶回公司总部的指示。"现在吗？我今天还要去八王子。听说绯田风美正在参加体育用品厂家的风洞实验。"

"绯田啊……你是要去说服她那件事吗？"

"嗯，不过没什么把握。"

"别气馁啊。好了，如果是去见绯田，你晚些回来也行。不过，不管多晚，你都得过来一趟。"小谷的语气毫无商量余地。

"看来是有要事啊。"

"没错，详情等见面再说。不是别人，正是绯田风美的事情。"

"她怎么了？"

"电话里不方便说。你不是马上要去见她吗？那还是不要打听为好。"

"这么说我更在意了。"

"如果这么想知道，就快点办完事过来吧。"

盯着被对方挂断的电话，柚木耸耸肩，心里升起一种不祥的预感。

4

下午三点过后，鸟越伸吾离开了运动场。贝冢要开车送他，被他拒绝了。他并不讨厌贝冢，但训练后还要和教练待在一起实在令人拘束。而且他还有一个想独自回家的理由——今天是难得的周日。

伸吾肩上挎着运动包，低着头默默向车站走去。从山梨县来东京大约有七个月了，几乎每天都要去新世开发的运动场，附近的环境早已烂熟于心。即使只盯着脚下，他也知道正走在哪里。

伸吾来到商店街一带，在一家乐器店门前停下了脚步。这栋建筑虽然老旧，但里面十分宽敞，乐器的品种也很丰富。自从发现了这家店，伸吾变得有些期待去训练了。

走进店里，他和站在收银台后的中年男子视线交会。中年男子好像是乐器店的店长，微笑着冲伸吾点头，眼神好像在说：又来啦？尽管看吧。

伸吾毫不犹豫地走向卖吉他的区域。吉他闪耀着光泽，整齐地摆成一排，其中有一把在他眼中格外光芒四射。那把吉他是吉普森的莱斯·保罗系列的。不愧是经典复刻版，式样正统，虽是红色却显得沉稳大气，丝毫没有轻浮的感觉。

弹奏这样的吉他，心灵都会陶醉吧？伸吾想。但实际上，他并不会弹吉他，甚至连碰都没碰过，只是在电视上看到吉他手演奏的画面，无比向往罢了。他曾打算上高中后就开始学吉他。打工存钱，买一把吉他，要是没有钱去学，就自学练习，找到志同道合的伙伴组个乐队，在某个小小的 Live House 弹奏，也许还能得到音乐界人士的青睐，就此走上成为演奏家的星光大道呢！他的梦想无边无际，也坚信自己有无限潜力，前途光明。

然而——某天突然到访的两个男人打碎了伸吾的音乐梦。一个是柚木，另一个是新世开发运动部的部长小谷。颇为讽刺的是，这两个男人也不可思议地说出了"无限潜力"这个词。

"伸吾拥有无限潜力，您不想让他发挥出来吗？正因为我们相信他的天赋，才果断决定举全公司之力，全方位支持他！"柚木用热切的口吻说道。伸吾不禁想到选举前候选人的街头演讲。嘴上说得好像都是为对方着想，其实不过是为了自身利益试图说服对方罢了。

父亲克哉完全被对方的气势压倒，脸上一副茫然的表情。这突然飞来的一席话，只听其内容，对克哉来说已是奇迹般的喜讯。

柚木他们早已彻底调查并掌握了鸟越父子的生活状况：克哉和妻子离婚了，目前等同于无业。他已经有三个月没付过房租，伸吾在学校的伙食费也没着落。柚木先投给克哉就职的诱饵。他告诉克哉，如果把儿子交给他们，他就可以在新世开发的相关公司就职。不仅如此，公司还将在东京提供住所，并支付伸吾的学费。

克哉没有当场答复，说要考虑一下。

"当然可以。"柚木和小谷说完就回去了。

"我可以去滑雪。"等柚木和小谷离开后，伸吾对父亲说道。

克哉沉默了半晌，开口道："越野滑雪啊……怎么回事？为什么偏偏找上我们呢？"

"不是说，是什么筛查的结果吗？"

"嗯，确实以前因为什么研究，我让他们采过血。"克哉看向儿子，"你愿意吗？"

"唔……"伸吾低下头，"如果照他们说的做，爸爸就有工作了，他们还给我们准备了住的地方。"

"机会是挺难得的。还有你上高中的事，我们不是也一直在发愁嘛，这下都解决了。"

"那就没什么可犹豫的了。"

"唉，你说行就行吧。"克哉沉吟道，背看起来更驼了。

登山家克哉从年轻时起就没有固定职业，每天干着打工一类的活儿，工资一日一结，稍有积蓄就跑去登山。伸吾的母亲在伸吾上小学时就不见了。很久之后他才知道，母亲是和别的男人私奔了。他母亲在晚上做女招待，最开始应该只是为了家计，但也许是厌倦了和沉迷于登山、从不管家人的丈夫一起生活，最终选择了离开。

克哉作为登山家也许是优秀的，但没什么生活能力。因为受过伤，他走路微跛，很难找到工作。他在朋友的钢铁厂里做搬运工，根本挣不到什么钱，这就连当时只是个初中生的伸吾都知道。伸吾甚至想过，等初中毕业了，自己只能出去工作。开始练吉他，成为演奏家——之所以有这个梦想，也是因为他想摆脱这样的困境。

这时柚木和小谷出现了，还带来了一份大大的见面礼——稳定的生活和伸吾的学费。现实不允许鸟越父子拒绝。很明显，错过了这次机会，他们的生活将愈加穷困潦倒。

虽然小时候很少在一起生活,但伸吾很喜欢父亲。克哉憨厚认真,让人难以想象他豁出命去登山的英姿。在伸吾的记忆里,父亲从没责骂过他,即使在母亲离家出走后,克哉也从不拿别人撒气,只是独自默默地修理登山工具。

从今年四月起,伸吾开始参加新世开发少年滑雪俱乐部的训练。说是俱乐部,实际上只有伸吾一人。他在贝冢的指导下训练,公司也没有招募新人的意思。

伸吾上了附近的私立高中。因为他初中时成绩很好,入学并不困难。在学校里,伸吾和普通高中生一样,也有了几个可称为朋友的伙伴。但是,接受越野滑雪训练一事,他没对任何人提起,因为一旦说了,就必须要解释这种复杂的情况。他只是对朋友们说,因为父亲工作调动的关系,他家才从山梨县搬来此处。

伸吾没加入学校的社团。田径社曾在放暑假前邀请他,因为体育课上有一千五百米的长跑项目,伸吾的成绩是全年级第一。伸吾当时虽还没有专业经验,但不知为何成绩十分出色。也许是因为在贝冢的指导下多次训练,他的天赋得到了锤炼提高。

伸吾拒绝了田径队的邀请,一来没时间,二来他本来就对田径比赛毫无兴趣。如果要加入社团,那一定是流行音乐社。当然,以现在的状况来看是不可能了。

伸吾将视线从标价三十二万日元的吉普森吉他上移开,落到脚上时,一只手突然从旁边伸了过来。那只手中有一张DVD。他吃惊地往旁边一看,店长正对着他微笑。"这个是二手的,喜欢就拿去。"

接过DVD,伸吾瞪大了眼睛。DVD名为《吉普森和名吉他手们》,收录了彼德·福兰顿和B.B.金用珍爱的吉他进行演奏的音乐现场。"这个太棒了……"

"听听怎么样？光是看着摆放的乐器，不能满足吧？"

"可我没有钱。"

店长笑着挥了挥手。"不要钱。不是说了嘛，这就是个二手的。"

"真的可以吗？"

"可以。我还有张一模一样的。"

伸吾看看DVD，又看看店长，深深鞠了一躬。"谢谢您！"

店长点点头。"你会弹吉他吗？"

"不会，还没学，想等哪天再开始学……"

"你是高中生？"

"嗯。"

"学习很忙吧？不用急，学吉他随时都可以开始。我有个朋友，年过五十才开始学钢琴。"

"是吗……"

"你要是开始学了，来我家买吉他吧。我给你优惠。"店长说完，微笑着走回收银台去了。

冲着店长的背影，伸吾说道："我肯定会来的，总有一天会来的！"

店长没有回头，轻轻挥了挥右手。

伸吾离开乐器店，径直走向车站。离家只有一站，从车站出来走几分钟就能抵达的租赁公寓，就是四月之后他们父子的新居。

到家时，只见克哉的鞋正摆在玄关。这真少见。周日的傍晚，克哉通常会去弹子房打发时间。

伸吾打开起居室的门。克哉正在房间中央盘腿而坐，一脸惊讶地抬起头，紧握着手机。"是你啊，别吓我啊。"克哉抱怨道。

"我可没吓你。"

"说声'我回来了'不行吗?"

"一般听到开大门的声音不就知道了吗?"

"没听见嘛。我有点事。"克哉将手机合上,放进了裤兜。

看到这一幕,伸吾说道:"真稀奇。"

"什么?"

"爸爸居然会发邮件,真稀奇。"

"哦。"克哉挠了挠头,"一些工作上的联系,最近都是发邮件过来,我得经常看看。"

"哦。"

现在克哉在新世开发的分公司工作,好像是做保安,但具体情况伸吾并不清楚。"训练怎么样?还吃得消吗?"

"还行,说是下周去北海道。"

"是有这回事,公司让我给学校递申请。据说手续办好了,三月之前都不用去上学。这期间的课,可以在春假补。"

"爸爸不知道吗?就是因为有这个制度,新世开发才推荐的这所高中。"

"我不太清楚。"

"你怎么回事啊,这么靠不住。"伸吾从包里拿出训练时用过的衣服和毛巾,去了卫生间。他把脏衣物放进洗衣机,倒入适量洗衣液。从小学开始,他就自己洗衣服了。不只是洗衣服,他还能做些简单的饭菜,也会缝衬衫扣子。父子二人相依为命生活,自然而然就都会了。

按下洗衣机按钮后,伸吾回到起居室,只见克哉正拿着DVD。伸吾竖起眉毛,劈手夺过。"干什么呀,别乱看!"

"这个是怎么回事?你买的?"克哉声音低沉地问道。

"认识的人给的。"不能说是乐器店的店主,他不想让父亲知道自己去过乐器店。

"认识的人?"

"学校的朋友。是谁无所谓吧?"

"是你告诉人家你想要的吗?"

"我怎么可能这么说?人家说这个没用了,扔掉又太可惜,所以我才收下的,才不是我想要。"

克哉不再说话,只是用充满怀疑的眼睛紧盯着儿子。

伸吾把手里的 DVD 丢进身旁的垃圾桶。

克哉瞪大眼睛。"你干什么?"

"啰唆!不需要就扔了,别什么事都要挑毛病!"伸吾抓起运动包,进了隔壁房间,砰的一声关上门,扑倒在床上。虽然不知道在焦躁什么,但他清楚地知道,他不想让父亲知道自己喜欢吉他。

"伸吾!"父亲的声音传来。伸吾没有回应。克哉继续道:"我出去一趟,估计得两个小时。"

多半又是去弹子房。"嗯。"伸吾低声答应。

不久,克哉出门了。听到大门关上的声音后,伸吾打开房门。只见矮桌上放着本应躺在垃圾桶里的 DVD,应该是克哉捡回来的。伸吾拿起 DVD,取过遥控器,打开了电视和 DVD 播放机。

5

屏幕上映着的是一名戴着头盔、穿着赛服的运动员,头盔和赛服都是银色的。运动员将滑雪杖夹在腋下,身体前倾。头盔和赛服上装饰着好几根丝带,随风飘扬着。虽有隔音玻璃隔着,但好像连这边的房间也能听到风声。

滑降比赛中,男子时速须达到一百三十公里左右,女子也要保证在一百一十五公里左右。迎面而来的风会形成巨大的阻碍,如何闯过风墙是决定胜负的关键。

屏幕上的运动员即使在强风中,姿势也几乎保持不变。下肢力量强韧自不用说,同时她还拥有罕见的平衡感,能在瞬间控制全身的肌肉。

柚木坚信,这是她从她父亲那里继承的宝贵财富。至少,现在是这样。

柚木来到位于八王子的体育器材厂商的研究所。这里主要研究开发游泳比赛用的泳衣和田径比赛用的赛服,特别是泳衣,仅凭材料变化,比赛成绩有时就能大幅飞跃,因此泳衣研究是当前最重要的课题。

相识的研究员山冈看到柚木，冲他点点头。山冈负责开发能够减轻空气阻力的滑雪服。

"她怎么样？"柚木指着屏幕问。

山冈使劲点头。"到现在我也看过不少运动员了，在姿势稳定程度方面她是最出色的。简直不敢相信她才高中刚毕业。"

"是吗？听你这么说，我就有信心了。"

"让这样优秀的运动员穿上，开发赛服才有意义啊。跟新世开发合作是正确的！"

"彼此彼此。"

身着银色赛服的运动员走出风洞实验室。她已经摘下头盔，也许是把长发绑在脑后的缘故，细长的眼睛看上去比平时更上挑了。她——绯田风美以锐利的目光投向柚木。"您好。"

"进风洞实验室的感觉怎么样？和真正的滑降不一样吧？"

"嗯，实际的雪道有起伏、有坡度，最重要的是，移动的不是空气而是自己。"风美一脸认真地说。

明知她不是在说笑话，柚木还是笑了。"确实如此。能借用你点时间吗？有话和你说。"

风美看了一眼正弯腰看测量仪器的山冈。"山冈先生，还有什么需要做的吗？"

山冈直起腰，摇了摇头。"没有了，今天已经结束了，收集到了很棒的数据。等分析结果出来我再通知你。"

风美点点头，看向柚木。"我先去换衣服，可以吗？"

"当然可以。我在门口等你。"

"那待会儿见。"风美迅速转身，向大门走去。

从后面望着风美，她的腿看起来结实强壮。柚木在心里感叹：青蛙的孩子果然是青蛙啊！

绯田风美今年春天在新世开发公司就职。虽隶属福利部门，但每年在公司的时间不过一个月左右，其余时间都是以滑雪部成员的身份活动。高中时她曾夺取三连冠，所以各地都在争抢她，由于她父亲的朋友在新世开发滑雪部当教练，最终新世开发成功将她收入麾下。

柚木坐在大厅的长椅上，喝着从自动售货机买来的咖啡，这时，风美抱着大运动包出现了。她换上了连帽外套，戴着压得很低的毛线帽。

"喝点什么吗？"柚木指向自动售货机。

"不了。您要说什么？"

"啊，先坐吧，站着不方便说话。"

风美呼出一口气，把包放到地上，在柚木旁边坐下。

"前几天，我去了趟札幌找你父亲。我请求他协助我们的研究，但被拒绝了。"

"好像是这样。"风美马上回答。

"你和你父亲谈过了？"

"他给我打了电话，说这件事很荒唐。他说，天赋不是能用公式或化学符号表现出来的。"

"如果能表现呢？你继承了多少著名滑雪运动员绯田宏昌的天赋，难道你不想知道吗？"

"不想。"

"为什么？"

风美避开与柚木对视，遥望远方开口道："因为爸爸是爸爸，我是我。我今天所拥有的一切，全都是通过训练获得的，没有任何一样是天生就有的。"

"那你的身体呢？难道不是从你父亲那里继承来的吗？"

"身体嘛，"风美轻轻摇了摇头，"任何人都一样，我觉得没什么太大区别。"

"那我问你，百米赛跑中，日本人能有胜过黑人的那一天吗？日本人能拿下世界冠军吗？"

风美咬了一下嘴唇，回答道："我不太懂田径比赛。"

"别敷衍我。无论什么样的项目，大多数日本运动员都能深切感受到与外国运动员的生理差距，越是在国际舞台上鏖战的运动员越是如此。你应该也感受过吧？"

"我——"霎时间，风美瞪向柚木，随即将视线移开，继续说道，"我只是想说，我的身体并不特殊。爸爸也说过，我们没有任何特殊之处。我认为他说得对。"

"你们父女俩怎么想是你们的自由，我也不想勉强你们改变想法，但是，我们想要的是客观事实。确实，这对于你们来说没有任何好处，但如果能够分析你们力量的根源，也许就能够找到第二个、第三个绯田宏昌，第二个、第三个绯田风美。为了日本体育的未来，能请你们配合一下吗？"

风美微微歪了歪头，露出一丝浅浅的笑意，但那只能称为冷笑。"爸爸说他不喜欢，您对我说也没用。"

"所以，我想请你去说服绯田先生，让他帮忙。"

"不行！"风美猛地站起身，"我说服不了爸爸！何况就连我自己也不感兴趣。如果您想说的只是这个，那我先告辞了。集训快要开始了，我必须马上回札幌。"

"等等！请你再考虑一下。这不是什么大事，放松些，就当做个体检——"

"抱歉，我先走了。"风美背起运动包，疾步朝大门走去。

柚木摇摇头，一口喝光剩下的咖啡。咖啡已经凉透了，只有令人不快的甜味留在口中。

新世开发的公司总部位于新宿。柚木来到体育部所在的楼层，部长小谷正隔着会议桌与人交谈，双方的表情都不大好看。小谷看到柚木，三言两语交代对方后结束了谈话。

柚木直接坐在了空座位上。"发生什么事了吗？"

"怎么这么问？"

"你们看上去好像在谈什么要事。"

小谷没有回答，任凭身体重重地靠在椅背上，小眼睛在厚重的单眼皮下面不时转动。"你去见过绯田风美了吗？"

"嗯。"柚木答应着，伸手挠了挠鼻翼。

小谷本就有点歪斜的嘴角此刻更往下撇了。"继父亲之后，也没能说服女儿吗？"

"好像她比我想象的还要讨厌我。"

"这就退缩了？当初一心要挖掘鸟越伸吾的劲头哪儿去了，嗯？"

"得有诱饵才行，比如如果配合研究，他们父女俩就能获得什么好处。可我不觉得这两个人能用金钱打动。硬要说，也就是在训练中给些特殊待遇，但如果疏忽了，也许就会起反效果。总之，那父亲是个远胜传闻的老顽固。"

小谷抿着嘴笑了。"连你也束手无策了？没办法，还是我教你一招吧。"

"哦？"柚木颇感意外，再次看向部长。

"刚才我见的是宣传部的人。他们过来求我，让我给想想办法。"

"什么事？"

"是关于绯田风美的。好几家体育杂志都想采访她，那些家伙动作快着呢。万众期待的女运动员，而且长得漂亮，一些体育记者已经注意到她了。"

"这不是好事吗？"

"有人可不这么想。你知道我说的是谁吧？"

柚木点了点头，脑海中立即浮现出一个男人的脸。"是她父亲？是绯田宏昌不同意吗？"

小谷一脸愁容，点了点头。"绯田宏昌说，还没参加过大型赛事的运动员，受到这样的厚待实在太可笑了。你说得对，无论在哪一方面，他都是个老顽固。"

"如果他这么说，那么只要他女儿参加了大型赛事，就能接受采访了？这么点时间还是可以等的吧？"

"绯田所说的大型赛事，是指世界顶尖运动员汇聚一堂的比赛，至少是世界杯这种级别的。"

"那不就近在眼前吗？绯田风美在国际比赛中崭露头角，然后杂志上铺天盖地都是采访她的报道，也不错嘛。"

"你太天真了。造星需要一定程度的铺垫，等到参加比赛就太晚了。要让她在比赛前先博得大众关注，比赛时她能取得好成绩那是锦上添花，要是成绩不好，还有下次比赛。滑雪联盟不可能无视有观众缘的人，也许会被批评说只看重名气，但之后的世界杯还是会想派她参加吧？"

柚木双臂环抱。虽说这是小谷在打如意算盘，但他的意见并非没有可取之处。

"而且,"小谷继续说道,"要是绯田风美在世界杯之类的比赛上获奖还好,要是她的成绩排名相当靠后怎么办?那个老顽固就会允许采访了吗?"

柚木苦笑,答案很明显。"估计不可能。"

"对吧?说点现实的。现阶段,绯田风美首次参赛就获奖的可能性几乎为零。无论世界杯之前还是之后,情况其实都是一样的。"

柚木抱着双臂沉吟,看向小谷。"部长刚才说要教我一招,可听您刚才说的,感觉找不到什么能说服绯田宏昌的材料啊。"

"别急,我接下来要说的才是重头戏。"小谷把手伸进西服,瞪大双眼环视着四周,像在戒备什么似的。接着,他从内侧口袋里拿出一张折叠的纸,放到柚木面前。"先看看吧。"

"这难道是……"

"是的,"小谷点头,"又来了。"

柚木伸出去的手停在了半空。"直接触摸,行吗?"

"没关系,这是复印件,原件在保险柜里锁着呢。"

柚木放下心来,摊开纸张。纸上排列着打印机打的文字。

致新世开发滑雪部:

　　将绯田风美从滑雪部成员中除名,不许她参加世界杯及其他一切比赛。

　　如不答应此要求,绯田风美将会有危险。

　　　　　　　　　　　　一个有良知的支持者

"这是什么时候寄来的?"

"昨天。收件人是新世开发滑雪部，没写寄件人。和上次一样。"

柚木皱起眉，把信按原样折好。

两周前，他们收到过同样的恐吓信。公司只有一小部分人知道这件事。当然，没有人告诉绯田风美。

"这会是谁干的？"

"不用猜，肯定是如果绯田参赛就会受到影响的人。应该是其他参赛队里的运动员或相关的人吧？"

"是吗……"柚木疑惑地歪着头思考。

"你觉得不是？"

"绯田是日本队的第一替补，但她还不是顶尖运动员。拖这么个不上不下的运动员后腿，有什么意义呢？"

"那你觉得是什么人干的？"

"我无法断定。会不会是跟踪狂？单凭这个人知道绯田风美的名字，就表示相当狂热啊。"

"如果是跟踪狂，那么不是应该盼望她参加比赛吗？那样更容易跟踪。"

"跟踪狂可不只是追星，他们希望对方只属于自己，甚至阻止对方成名，这很常见。这次或许就是这种情况。"

小谷皱起眉。"世上竟会有这样麻烦的人。"

"您打算怎么做？还是不报警吗？"

"当然。之前不是说过吗？不能被这种恶作剧牵着鼻子走。我已经向总务汇报了，意见基本一致，再观察看看。"

的确，如果每次都做回应就会没完没了。无论是职业的还是业余的，明星运动员收到恐吓信的事并不少见。

"那需要我做什么？"柚木问。

小谷捏着恐吓信复印件,冷冷一笑。"把这个拿给绯田宏昌。"

"啊?"

"我说,把这个拿给绯田宏昌。上次那封恐吓信的事,也一起说说。"

"我不明白您的意思。我记得您说过,世界杯前不想让绯田风美产生情绪波动。"

"没错,不能做任何让她情绪不稳的事。"

"可是,如果把恐吓信的事告诉绯田宏昌,不就等于也告诉了绯田风美吗?"

"你觉得绯田宏昌会和他女儿说吗?"小谷探出身子,"如果他那么做,绯田风美可能无法集中精力训练,甚至还会失去好不容易拿到的世界杯入场券。放心吧,他不会跟他女儿说的。"

柚木沉吟,觉得小谷的话不无道理。目前,风美登上国际舞台是绯田父女最大的目标。"让绯田宏昌看恐吓信,然后呢?"

"你告诉他,新世开发暂时不想报警,也不想对媒体公布。绯田对此应该不会有异议。当然,绝不能让绯田风美受到任何伤害。我们会在绯田风美身边安排个负责监视周边情况的人,但是突然多个人在她身边转来转去难免招人怀疑,所以就以宣传员的名义来。你看怎么样?"

柚木望着小谷额头上深深的皱纹,大笑起来。"您考虑得真周到。"

"绯田风美在体育媒界正越来越受欢迎,配个专属宣传员没什么大不了的。但是,如果安排了宣传员,绯田风美就得尽些责任,不能再单方面拒绝所有采访了。"

"绯田宏昌会是什么态度呢?"

"他不会拒绝的。绯田风美是公司员工,配合做些宣传是应当的,同时又能保证她的人身安全，一举两得。"

"可是，部长，即使就这么解决了宣传问题，我们的目的还是没达到啊。"

"我知道。所以，"小谷舔了下嘴唇，"仔细考虑之后，我决定宣传员由你来做。"小谷指指柚木。

柚木不由得向后一仰。"让我做？"

"别那么惊讶。你在体育媒体界人脉广，和绯田父女也熟悉，只有你最适合待在绯田风美身边，而且你这么做也能卖个人情给他们父女。交上朋友以后，他们也不好一直拒绝协助我们做研究吧？"

柚木再次凝视小谷的脸。"计划十分完美。"

"精心计划是我的爱好。"

"但他们会答应吗？他们相当讨厌我。"

"到那时你就反问：'你们不想参加世界杯了吗？'"小谷笑道，露出被香烟熏黄的牙齿。

6

绯田就职的"札幌 AA 健身俱乐部"平日营业到晚上十点,健身器材可使用到九点半。时间一过,工作人员就开始收拾房间、打扫卫生。绯田虽然顶着店长的头衔,但还是和大家一起擦拭、清扫、拖地。年轻职员说不用帮忙,但绯田感到过意不去。老板喜欢滑雪,在绯田还是现役运动员时就对他比较熟悉,所以雇用了他。让他当店长不过是老板一时心血来潮,"想借用著名滑雪运动员的知名度"而已,可绯田觉得自己的名字对顾客并没什么吸引力。

收拾结束时已过十点半。最后确认是由绯田负责,工作人员离开以后,他再次巡视整个健身中心。今晚也一切正常,回到办公室,他松了口气。

穿上羽绒夹克,绯田望向窗外。外面飘着小雪,邻近的山上已一片雪白。真正的冬天似乎终于到来了。他收到了风美发来的邮件,告知集训开始了。

"今年会是怎样的冬天呢?"他正小声嘟囔着,前台的电话响了。这个时间很少有人打电话来。不,在绯田的记忆里,一次都没有。

几种猜测划过他的脑海，全都是事故或案件之类的不祥猜测。会不会是风美出了什么事？但如果是这样，应该会打到他的手机。

座机还在响。响到第五声时，绯田接起电话。"您好，这里是札幌AA健身俱乐部。"他有些紧张，声音在寂静的房间里听起来更响亮了。

"啊！"对方发出惊讶的声音，大概以为接不通正想放弃。"不好意思，晚上打扰了。请问还在营业吗？"是个男人的声音。

"我们营业到十点。"

"这样啊。不好意思，我事先没弄清楚。"

"没关系。请问您有什么事吗？"绯田问。他心里暗暗松了一口气，看来不是什么传达坏消息的电话，然而对方接下来说的话让他大受打击。

"我姓上条。"

准确地说，对方报上姓氏的那一瞬间，绯田还没有意识到对方是谁。尽管不认识此人，他却开始表情僵硬、心跳加速。理智掌握状况前，他的身体先拉响了警报。当想到可能是那个上条时，他双腿开始颤抖，浑身直冒冷汗。

"您能听见吗？"

"啊，哦，能听见。上条先生……是吗？"他勉强应道。一定是对方打错电话了，一定是！上条也不是什么罕见的姓氏——他在内心深处祈祷着。

"我想问一下，您那里有一位姓绯田的人吗？他叫绯田宏昌，曾经是奥运会运动员。"

听到这个问题，绯田已经连站都站不住了，他无力地坐到前台边的椅子上。没这么个人——他想这样回答，但又不行。这家健身中心的店长是前奥运会运动员绯田宏昌,官方网站上都写着呢。

"有……请问您找绯田……有事吗?"

他听到对方深深吸了一口气。"您能告诉我绯田先生的联系方式吗?我想跟他谈谈有关他女儿的事。要是您不方便告诉我,那我说一下我的手机号码,请您转达给他。我绝不是可疑的人,我在新潟县长冈市经营一家建筑公司,叫 KM 建设。"

"KM……"绯田绝望地重复着这个名字。不会有错,此人就是那个上条,是他。

"我们公司有官网,您确认一下就知道了,我说的都是真话。如果需要,我跟您说一下网址……"

"不用了,请等一下。"绯田呻吟般说道,"那个……真的不用。"

"那我报一下我的电话号码……"

"抱歉,请您稍等一下!"绯田厉声吼了出来。可能对方因此感到困惑,陷入了沉默。绯田不停地做着深呼吸,仿佛全身的力气都被抽走了。他紧紧握着听筒,手心渗出汗水。不能逃,他想,恐怕逃也逃不掉。只是该来的终于来了而已,你不是早就有思想准备了吗——他对自己说。他想润一润嘴唇,却感到口中异常干燥。"喂,刚才失礼了。"绯田终于转向听筒,"其实,我就是绯田,绯田宏昌。"

"什么?"这次换成对方沉默。这也理所当然。

"对不起。"绯田郑重道歉,"因为从没在这个时间接到过电话,所以我有些戒备。我就是绯田,真的。"

话筒里传来对方长出一口气的声音。"您就是绯田先生啊。那个……您有所戒备也是正常的,是我太没常识了。"男人的语气比刚才更加慎重了。

"您找我是要谈我女儿的事?"

"是的，至关重要，所以我想和您见面谈。不知您是否方便？"

绯田闭上眼睛。事到如今，他已无法拒绝。"我明白了。那我到哪儿去见您？"

"不，如果方便，我想还是我去您那边。明天我去健身中心拜访您，可以吗？"

"明天……"

"其实我刚到达札幌，所以才在这个时间打电话。"

"您已经过来了啊。来出差？"

"不，我是专程来拜访绯田先生的。不见到您，我不会回去。"对方语气干脆，话里有一种不容分说的气势。

"我明白了。那明天什么时候？我这边随时都可以。"

"四点怎么样？"

"四点吗？好的。我会交代前台，您到时说一声就行。"

"实在不好意思。为了慎重起见，我还是说一下我的手机号码。"对方说出号码，绯田记在前台的记事本上，由于手抖得厉害，记下的数字连他自己都难以分辨。

回到公寓已是第二天凌晨。他不想直接回家，于是去了曾光顾过几次的酒吧。平时他很少喝酒，酒量也不好，但今晚他连饮了三杯加冰威士忌也毫无醉意，也许是精神太过亢奋了。

在厨房大口喝了自来水后，他随即一头扎进沙发里。茫然望去，视线前方是个相框，照片上是他和风美。两个人都穿着滑雪服，地点是札幌国际滑雪场，那是在风美小学五年级时照的。

绯田撑起沉重的身体站起来，走近收纳柜。他拿起相框翻过来，拿掉里层的衬纸。一张折叠的纸夹在衬纸和照片之间，那是一份旧报纸剪报。平时他很少看这张剪报，但绝不能忘记，于是将它藏在了这里。

剪报纸张已严重老化。绯田慎重地打开剪报，报道的标题为"新生儿在新潟一家医院突然失踪——护士因准备晚餐未能察觉"。这是在智代的梳妆台里找到的。因为这篇报道，绯田发现了残酷的事实。他去过智代就诊的医院，那里没有留下任何智代生产的记录。不仅如此，他还发现，他到欧洲后不久，智代就流产了。

一片混乱之中，绯田重新审视了事实。原来，就在他为了提高滑雪水平而辗转欧洲各地时，智代失去了腹中宝贵的小生命。

智代流产后是怎么度过的？只是想想都觉得心烦意乱。然而，那份藏在梳妆台里的剪报，却将事实真相摆在了他的面前。风美不是自己的女儿——他不得不接受这个事实，一切都在证明这件事。虽不清楚智代是否亲手偷走了婴儿，但她没有生产是千真万确的。

即使这样，一个已经流产的女人能给孩子办理出生证明吗？绯田从这一疑点开始调查，发现政府部门草率了事，伪造出生证明非常简单，只要写上实际存在的妇产医院名称，在医生一栏盖上文具店里就能买来的印章，就没什么问题了。好几起婴幼儿拐卖案，罪犯都是这样办理出生证明的。

从此，绯田苦恼的日日夜夜开始了。他不知多少次下定决心要报警，想要弄清一切，但他的决心没能坚持到底。一想到那样做会失去什么，他便无论如何也无法付诸行动。

绯田爱着智代。失去她以后，他再没对别的女人动过心，估计今后也不会。他无法忍受自己如此深爱的女人被贴上罪犯的标签，即使她做出了情理上不被允许的行为。绯田觉得，将智代逼到此种境地的不是别人，正是自己。他明知她已怀孕，却留下她孤单一人，还不停地给她施加压力，希望她生出个健康的宝宝。

绯田不知道到底是什么事导致了智代流产，然而只是想想当时她所受到的打击和悲伤，就感到痛苦不堪。那时智代不能同任何人商量，也不知道怎么向丈夫解释她弄没了他们的宝贝，只有在绝望中挣扎。痛苦挣扎之后，她孤注一掷，将一个从别处寻来的婴儿带回了家。

她到底是怎么做到的，至今是个谜，但绯田不愿责备智代。每次他从欧洲的训练地拨打国际长途时，总问些"肚子里的宝宝怎么样了""一切顺利吗""医生怎么说"这样的问题。智代总是回答得很爽朗："嗯，很顺利。医生说没有什么问题。"这对刚刚经历流产又无法坦言的她来说，应该痛苦至极吧。

不难想象，即使把风美养育在身边，智代也没有一天可以安然舒畅。总有一天会败露吧？是不是警察来了？会不会被风美的亲生父母发现了？她一定每天都生活在恐惧之中，既无法摆脱良心的谴责，也不能对只会傻笑的丈夫说出真相。

苦恼日积月累，最终导致智代自杀。也许她想过从痛苦中逃离，但与之相比，可能她认为唯有死才能赎罪。她甚至没留下遗书。难道她是希望以自己的死来换取真相永远沉在海底？留下一张剪报是她最大的失算。恐怕她是打算毁掉一切证据的，但唯独这一张遗漏在了梳妆台的抽屉里。

怎么办？绯田答不出这个问题。按理应该报警，但他下不了决心。一方面，他不想让智代担上偷盗婴儿这一罪名，另一方面，一想到风美知道真相后将受到多么大的伤害，他便更感到绝望。最主要的是，他不想离开风美，这件事让他难以承受。

十几年来，绯田一直相信风美就是他的女儿。智代死后，他把风美当成唯一的骨肉，当成妻子留下的不可替代的遗产，将其抚养成人。虽然他很清楚风美不是自己的亲生女儿，但心理上拒绝接受这一点。他无法想象自己和风美断绝父女关系。

尽管觉得这样拖下去不行，绯田还是一如既往地和风美生活在一起，没有报警。智代当初承受的苦恼，由他全盘接收了。但另一方面，他也感到喜悦。风美成为滑雪运动员，技术日益提高。上初中后，她仍然不断成长，初一那年冬天参加全国初中生滑雪大赛，就在回转项目中获得了第十名。尽管她处于首滑排在第四十位出发的不利位置，却能以不惧滑出雪道的果敢，逐个赶超高年级学生。尽管如此，那天回家后风美就倒在床上抽泣起来，懊恼自己出现了失误，没能取得更好的名次。

绯田坚信，这孩子会成为一名不得了的运动员。

初二那年冬天，风美在回转项目、大回转项目中都获得了第三名。在初中最后一年的冬天，虽然大回转项目仍以第三名告终，但回转项目拿到了冠军。

风美的辉煌战绩仍在继续。十天后，她在全日本锦标赛的女子回转项目中不仅战胜了高中生和大学生，甚至力压社会人士，获得了冠军。以初中生身份在这个项目上获得冠军，风美是史上第二人。

凭借这次大赛，绯田风美在全国一举成名，绯田却生出一种不祥的预感。只在体育报纸和专业杂志上露脸还好，但如果登上更大的媒体，比如上电视节目而引起关注，该怎么办呢？不能因为滑雪运动员很少受关注就掉以轻心。有望在奥运会上获得奖牌，又是年轻的女运动员，哪怕只是一时，媒体的关注度也会很高，电视上的曝光率也会增加。到了那时，看到风美的长相，会不会有人察觉到什么，发现她酷似某个人呢？

如果只是外貌相像，一般不会有人多想，但如果那个人是十多年前那起新生儿失踪案的有关人士，那就另当别论了。特别是风美的亲生父母，几乎可以想象得到，他们看见她一定会产生某种微妙的感觉。他们会确认绯田风美的出生日期，当得知风美的生日和被偷走的孩子的生日极其接近时，他们会怎么做呢？会想要和风美见面吧？在亲眼看过之后，就能确信这是当年被偷走的孩子。血亲之间所谓的纽带，就是这样一种东西吧？与风美之间没有血缘的自卑感驱使着绯田朝越来越不好的方向去想。

绯田早有思想准备，等亲生父母看到电视或照片，真相大白便只是时间问题。让风美在媒体上曝光，只是把这个时间提前了而已。

绯田期望风美成为顶级滑雪运动员。他相信风美早晚会成为世界知名的运动员，期待她能出战奥运会。不仅是出战奥运会，他还希望风美能好好努力，夺取奖牌。这是绯田自己没能实现的梦想，也是日本高山滑雪界的夙愿，但同时那也意味着风美会变得更加出名。擅长北欧两项的荻原健司、猫跳滑雪的里谷多英、跳台滑雪的船木和喜，这些运动员几乎家喻户晓。和高山滑雪相比，他们从事的都是比较小众的项目，但奥运会冠军的头衔足以使他们闻名遐迩。

绯田一边教风美滑雪，一边和自己做斗争。他盼望着风美滑得更快更好，同时意识到自己正一步步踏上通往毁灭的阶梯。

风美高一那年的冬天，已加入滑雪部的她生平第一次遇到瓶颈。尽管已进入了正式赛季，她的成绩也完全没有提高。她来找绯田商量，绯田看过她的滑雪状态后，一眼就看出了问题：立刃过度，导致整个身体失去平衡。因为差别十分微妙，风美及其周围的人都没发现，但这在绯田看来却一目了然，因为他也曾因同样的问题苦恼过。当时他只注意反复修正细节，其他部分开始接连出问题，差点陷入越滑越差的恶性循环。

风美就读的高中是所滑雪强校，但没有人能指导她。其实也不是没有，而是人人都回避。她虽然才读高一，但已是上一年度的全国冠军。更重要的是，她是绯田宏昌的女儿。

虽然没什么特效药，但绯田知道如何通过训练克服这个问题，将方法教给风美就能解决她的烦恼。然而绯田犹豫了，因为他听到风美这样说："我果然没有天赋啊。要不干脆不滑了？"很明显，她并非出自真心，只是在说气话，但绯田从她的话里意识到，也许现在可以做出抉择了。

如果放任不管，风美将停滞不前，最终只能做个稍强于普通水平的运动员，甚至一语成谶，从此自暴自弃，放弃滑雪。如果不滑雪，风美就不会上报纸和电视，就会成为一个除了滑雪以外没什么特殊优点、随处可见的平凡女孩。对于绯田来说，这样的结果固然令他难受，但和失去女儿相比，勉强还是可以接受的。

滑不出应有水平的风美，有时迁怒旁人，有时自暴自弃，但依然继续练习。似乎她相信，只有不顾一切地练习才能脱离困境。即使练得精疲力竭，风美也没放弃滑雪。看到这样的风美，绯田不禁想起年轻时的自己。那时他曾认真想过：如果能缩短哪怕零点一秒，少活一年都行。

如果总是害怕会失去什么，那便不能达到完美的境界——这是当时绯田自我鼓励的话。一念及此，绯田蓦然醒悟。明知道如何让孩子的辛勤努力结出果实，却只因为隐瞒犯罪这样自私的理由而不教她，这是对体育运动的亵渎。如果就这样毁掉女儿的滑雪生涯，那其实也是在毁掉自己的滑雪人生。

一天早晨，风美照常扛起滑雪板出门，这次绯田跟在了后面。

看她滑了几轮后,他缓缓靠近。风美看到父亲,大吃一惊。

"风美!"绯田喊她,"你想站在滑雪的顶峰吗?"

风美紧盯着父亲的双眼,使劲点头。"想,我想!"

"为了那个目标,什么都能忍受吗?"

"能!"

"滑雪能比爸爸还重要吗?"

"哎?怎么这么说……"

"怎么样?万一爸爸就要死了,比赛却在眼前,你会怎么做?会缺席比赛吗?"

风美做了个深呼吸,睁大了细长的眼睛。"我会参加比赛!因为那样爸爸才会高兴!"

绯田点了点头,眼泪就要夺眶而出,但他忍住了。他下定了决心,虽然不知是哪一天,但早晚会告诉她真相的。如果风美作为滑雪运动员大获成功,那一天终会到来。既然如此,他下定决心,不必害怕那一天的到来,而是在那天到来之前,把自己的全部技术倾囊相授,因为一旦真相大白,他就不能再教她了,恐怕连靠近她都不再可能。

在绯田的指导下,风美走出了低谷。不仅如此,她好像脱胎换骨一般,在之后的比赛中大放异彩。她蝉联了全日本锦标赛冠军,拿下高中赛三连冠,可谓所向披靡。

她在通往顶尖滑雪运动员的阶梯上每前进一步,绯田就感到最后时限又迫近一分。那一天会是明天,还是后天?他每天都在胡思乱想中度过。

就在今天,不,应该说是昨晚,那个时刻到了。

关于报纸上登的新生儿失踪案,绯田曾前往长冈做了一定程度的调查。发生失踪案的是位于长冈市内的大越医院。报道中提到，婴儿的父亲名叫上条伸行。如今，上条是KM建设的社长，该公司在当地颇有知名度。案件发生时，担任社长的是上条的父亲。上条的妻子，即被偷走的孩子的母亲，名叫世津子。

就是这个上条来到了札幌，而且，关于风美他有话要说。

到此为止了吗——绯田拿着他和风美的合影，用指尖轻轻触摸她的面庞。

7

　　这雪景感觉真好，柚木坐在出租车里向外看时想。人行道旁积着雪，住户的屋檐一片雪白。十二月以来，降雪少得让人焦虑，但过了半个月，雪又像往常一样下起来。市区是这样，那么山上的积雪量应该足够滑雪了。可以想象，刚开始集训的那些高山滑雪队员，此时一定松了一口气。

　　比起队员来，贝冢一定更感到安心，柚木想。为了开展正式的雪上训练，贝冢这星期带鸟越伸吾来了北海道。如果关键的积雪量不够，便谈不上训练了。

　　他们的集训宿舍和高山滑雪队的一样，都是新世开发经营的诺斯普莱德酒店。不仅酒店对面就是滑雪场，滑雪场还配备有越野滑雪的雪道，作为新世开发滑雪部的集训地再合适不过，从札幌过来，交通也颇为便利。

　　出租车穿过札幌的街道。正值岁尾，街上一派喜庆气氛。柚木此行的目的地是绯田宏昌就职的健身中心。柚木打算实施上次小谷传授的策略，但没自信能成功。

到达健身中心门口时，柚木的手表指针指向下午四点半。他没有提前通知绯田，虽然他不觉得会吃闭门羹，但绯田也很有可能外出。

下了出租车，柚木向大门走去。位于楼前的停车场到处都覆盖着雪，停在里面的小厢式货车的车顶上，雪堆积了约二十厘米厚，据此推测，这里昨晚下了雪。

这时，大门的自动门打开，一个男子走了出来。他看上去六十岁左右，个子很高，穿着一件深蓝色大衣，花白的头发打理得整整齐齐。柚木觉得，这个人应该不是来健身的客人。一般情况下，男人在运动过后，发型怎么也得凌乱些，而且他也没拎着运动包。

男子出来后好像发现了什么，停下脚步，望向张贴在玻璃墙面上的宣传海报。海报上是被寄予期待、可能在这个冬季大展身手的运动员们，正中央是摆出胜利手势、微笑着的绯田风美。柚木从男子身边经过时，男子也没有改变姿势，一直盯着海报。

柚木来到健身中心前台，告诉男职员要见绯田。男职员看上去似乎有点为难。"绯田先生正在见客人。"

"哦，那我等他吧。"

"好的。"

这时，旁边的女职员对男职员说："绯田先生的客人刚刚已经离开了。"

"哦？是吗？"

"你没看见？不是刚从你身边经过吗？"

"是那个白发男人吗？"柚木问道。

"嗯。"女职员点头，"我刚才看访客登记簿了。"

男职员正难为情地解释时，他旁边的门开了，只见绯田走了出来。

绯田难得地打着领带，穿着西装。他好像没看见柚木，径直朝大厅走去。

柚木追上去喊他："绯田先生！"

绯田没有停下脚步，不是无视，而是好像声音根本没传进他的耳朵。柚木再次用力呼喊。

绯田总算停下脚步，回过头，眼睛没有了往日锐利的光芒。"啊，是你啊。你怎么在这儿？"

柚木走近他，低头行礼。"有件事想和您商量，请问您现在有时间吗？"

"如果还是上次那件事，我想我已经拒绝了。"

"那件事也想和您再谈谈。不过，今天有件更重要的事情想和您谈，是关于风美的，百忙之中打扰了。"

"不好意思，"绯田皱眉，"今天我有点累了，改天再说吧。"

"是公司总部的命令。我不会占用您太多时间的，拜托了！"柚木再次低头行礼。

绯田看了一眼手表，长叹一口气。"只能给你十五分钟。"

"多谢。"

"就在这儿可以吗？"绯田环顾大厅问。大厅里摆放着五颜六色的沙发，供健身结束的客人小憩。

"我希望可以找个地方单独谈。"柚木说，"我不想让别人听见。"

绯田眼中流露出警惕的神色，看着柚木。"那去办公室吧。"说完便往回走去。

办公室里残留着烟味，中间桌子上的烟灰缸里放着烟头。

"您刚才有客人？"

"是厂商，来推销美容仪器的。我拒绝了。"

柚木想起刚才见过的那个男子，看上去并不像推销美容仪器的。

"我看了你发表在体育杂志上的那篇研究成果。田径运动员的起跑力与基因的关系，挺有意思。"

"见笑了。"

"但如我之前说的，我并不想协助你的研究。很抱歉，去找别人吧，其他两代人都从事体育的。"

"亲子两代都是一流运动员的例子太少了。肯·葛瑞菲这对父子我们早晚要研究，不过现在没什么门路……"

"我们父女也不是一流运动员，风美连二流都称不上。总之，我对你说的不感兴趣。你刚才不是说还有别的事吗？说说那件吧。"

柚木点头，打开包，从中拿出一个信封。"请您看看这个。这是前两天公司总部的体育部收到的信的复印件。事实上，几周前，我们收到过同样的东西。"

绯田展开复印件。柚木观察着绯田，只见他表情骤变，双眼圆睁，脸都涨红了。"这是怎么回事？"

"寄件人不详。之前没告诉您，是因为我们判断这可能只是个低劣的恶作剧，实际上也许就是如此。但现在又寄来了第二封，我们无法置之不理，所以才跟您报告。"

"风美那边……"

"还没告诉她，眼下也不打算告诉。只不过，如果绯田先生您想告诉她，我们也没有权力阻止。"关键时刻到了！柚木想。如果绯田说要告诉女儿，那么小谷的计划就泡汤了。

"报警了吗？"

"还没报警。这也得和您商量。"

绯田皱着眉，放下复印件。"到底是谁干的？"

"我觉得只是个恶作剧。您有什么线索吗？"

"没有，不可能有。风美还没参加过大赛，几乎没有知名度，却有人写了这样的东西寄过来……"

"每个领域都有狂热的粉丝。正因如此，动静闹得太大反而可能煽动恐吓者的情绪。"

绯田低下头，脸上浮现出苦闷的表情。他肯定是在犹豫是否应该报警，是否应该告诉女儿。突然，绯田抬起头。"为什么是你来告诉我这件事？"

"我是奉特殊任务而来。"

"特殊任务？"

柚木告诉绯田，自己被选为专门负责绯田风美的宣传员，真正目的是贴身保护风美。

绯田露出警惕的神色。"你保护风美？"

"必须有人一直守在她身边，不一定非得是我，但小谷部长选中了我。"

绯田哼了一声，开口道："原来是这样。你保护风美，作为交换，我来协助你的研究？"

"我的研究和这次的事是两码事。"

"如果真是这样，小谷也不会选你。"绯田抬眼看向柚木，眼神像在打量。

"绯田先生，怎么想是您的自由。"

绯田按住太阳穴，像在强忍着头痛。"我必须现在回复吗？"

"那倒不用。不过我不想等太久，因为那也可能不单纯是恶作剧。"

"我明白，我会考虑。"绯田站起身，"抱歉，我有点累了，就此失陪。再联系。"

"好的。"柚木目送绯田离开房间。也许绯田真的累了,他的背影看上去比来时小了很多。

8

绯田从健身中心的后门走了出去。附近有个小公园，秋千和攀登架上覆盖着一层薄雪，没有看到有孩子在玩耍。他拂去长椅上的积雪坐下，呼出白色的气息。

柚木的话令他焦虑万分。到底是什么人寄来那样的恐吓信？按理说，风美应该并没有什么知名度才对。也许是自己见识得不够，绯田想。现在是信息时代，即使不上电视、不登报纸，在一部分人中出名的例子也比比皆是。

柚木的话固然让人感到焦虑，但对于现在的绯田来说，在柚木之前来访的那个客人更为重要。因为那关系到他们的人生，他自己和风美的人生……

上条伸行出现在绯田面前时表情沉稳，从他的神色中看不出夺回被窃女儿的执念。绯田觉得，上条可能还不确信风美就是他的亲生女儿。

"突然拜访，真是抱歉。"交换名片后，上条道歉，"可能您会感到困惑，我也曾想先给您写封信，但又怕被误会成恶作剧，所以就直接找上门了。"

"您说想谈谈我女儿的事……"

"是的，就是绯田风美的事。"上条直视着绯田。

猜不出他打算怎样切入正题，绯田身体都僵硬了。

"我认识一个女性朋友，"上条开始述说，"暂且叫她A吧。A小时候因故与家人分开，举目无亲，孑然一身。她在孤儿院长大，虽然有户籍，但不记得父母，也不知道自己的真实姓名。幸运的是，她遇见了一个不错的人结为伴侣，现在过得很幸福。但她一直想要知道自己究竟是谁。最近，出现了一个和她长得很像的女孩。发现人是我，我是在看体育杂志时偶然发现的。"

"体育杂志……"

"这个女孩是个运动员。我给A看了那本杂志，她很惊讶，甚至觉得那女孩绝不是陌生的外人。我想您已经听明白了，那个运动员正是您的女儿，绯田风美。"

看来是有备而来，绯田想。所谓举目无亲、孑然一身的女性朋友是虚构的吧，恐怕说的是上条的妻子。

上条继续说道："十分抱歉，关于您夫人，我也略做了调查。她叫绯田智代，对吧？您夫人的老家在新潟县长冈市，其实A的老家也在那儿。您夫人好像没什么亲戚，所以我们想到，A和您夫人之间或许有某种关联。"

"可我妻子已经去世了。"

"我知道，真的很遗憾。这样风美就成了关键，唯有她能证明是否有那种关联。"

"您要怎么做？"

"并不困难。我想请风美接受一个小检查，就是DNA鉴定。"看到绯田吃惊的样子，上条继续说道，"我知道我的请求十分冒昧，也很失礼，但还是想请您帮助 A 实现她的愿望。当然，一切费用由我承担。我向您保证，即使证明她们有血缘关系，我们也并不会用它做文章或借此要求什么。"

"A 到底是什么人？她和您是什么关系？"

"对不起，现在说这个对双方都不好。如果证明有血缘关系，我当然会告诉您。但如果没有呢？为了避免产生芥蒂，我觉得您现在还是不知道比较好。"

上条的话合情合理，而且绯田也没必要打听。

"绯田先生，您有抵触也理所当然，所以，我想了一个办法。"上条拿出一个明信片大小的薄塑料盒，"这里装着带有 A 的血液的纸。当然，这是她本人同意、亲自采集的。您把这个和您女儿的 DNA 样本一起送去鉴定，可以吗？这样一来，您女儿的 DNA 数据就不会外泄了。"

"您是让我告诉您鉴定结果吗？"

"是的。您看怎么样？"

绯田盯着塑料盒，想起了潘多拉的盒子。"我能稍微……考虑一下吗？事情太过突然，说实话我脑子很乱。我也想和女儿商量一下。"

"当然可以。"上条一副理解的样子点点头，"您感到困惑很正常。突然听到这样的事情，任谁都会为难。我也知道自己提的要求有些无理，还请您好好考虑。刚才给您的名片上印有我的手机号码，只要您联系我，我随时赶过来。"

可能是见面的目的达到了，上条准备告辞离开。"喂！"绯田叫住他，"如果鉴定后发现那位 A 女士和风美之间有血缘关系，您打算怎么做？"

上条站起身，再次注视绯田。"绯田先生，如果是您，您会怎么做？"

"什么？"

"现在和绯田风美有血缘关系的只有您一人，但也许还会增加一个。这样的话，您打算怎么做？会觉得冒出个亲戚太麻烦，选择无视对方吗？事先声明，A没有任何问题，她的人生是正常认真地度过的，为人极其真诚。我保证。"上条的语气充满自信。

这是当然，绯田想，他在说自己的妻子。"是啊。"绯田说，"如果得出那样的结果，也许可以考虑介绍她们相识。"

"听到您这句话，我就放心了。"上条带着满意的笑容离开了。

隔着防寒外套，绯田将手按在胸口。上衣内侧口袋里放着上条交给他的塑料盒。

自己应该怎么做？绯田摇摇头。他知道该怎么做，答案早已摆在眼前。此时逃避，只不过是让自己的罪孽更加深重。他拿出塑料盒。盒子是白色的，虽然看不见里面，但给人感觉是透明的。这里面装着风美母亲的血⋯⋯

不能犹豫。多年以来，绯田早已做好思想准备。他很清楚，但仍感到眼前一片漆黑。

9

出发不久,风美就发现被泽口骗了。她明明让泽口把滑雪板板刃再磨一磨,滑行时却发现根本没有任何变化,就和刚才滑行时一样。

泽口之前对风美点头承诺:"明白,板刃我会给你调到最佳状态。"风美不觉得他是忘了。他从绯田宏昌还是运动员时起就做调整滑雪板的工作,早已驾轻就熟。风美也从青少年时期起就得到他的照顾。泽口技艺精湛,他应该是觉得滑雪板现在的状态已是最佳,不必再调整,但他没有事先向风美说明,因为他认为,是否真有必要加大板刃的锋利度,需要滑了之后再确认。

不久风美就察觉到还是泽口高明。雪面的状态与刚才有了微妙的不同,估计是气温上升,再加上多人滑过,对雪面产生了影响。滑雪板稳稳抓住了雪面,板刃没过度陷入雪中,轻快流畅地滑过。

应该能出好成绩,风美有了感觉。高仓应该正在终点拿着秒表等待。虽说是练习,也不能敷衍了事。

她几乎毫无差错地通过一个又一个旗门,滑雪板的状况果然不错,而今天她的状态更好,感觉灵敏,反应也比平时快。

继续冲锋——正这样想着,突然感觉有什么东西碰到了脚底。当然不是直接碰到脚底,而是右滑雪板的前端不大对劲。是个小小的异物。可能是冰粒?异物从右滑雪板外侧离前端约二十厘米处进入,然后纵贯滑雪板,时间只有百分之几秒,但顶级滑雪运动员绝不会感受不到。异物从风美穿着的雪靴下通过,从右滑雪板尾部内侧斜穿了过去。滑雪板底部可能已经受损。

她找回节奏,继续滑行。前方就是最后的旗门了,她用尽力气,一滑而过。

卸下滑雪板后,泽口走向她。泽口戴着的黑色毛线帽覆盖着雪,几乎变成了白色,不过就算摘掉帽子,他的头发也是白色的。泽口在雪地晒黑的脸上绽放着笑容,眼角刻着深深的皱纹。"滑雪板怎么样?"他问。

"您是想让我认输吗?"风美瞪着这个比自己年长将近三十岁的男人。

"怎么会?我说过,会给你调到最佳状态。"

"您还是那么狡猾。"风美皱起眉头。

这时,高仓板着脸缓步走了过来。

"教练好像很不满。我可不想受牵连,先走啦。"泽口一缩脖子,朝反方向走去。

"第六个旗门弧线划大了,怎么回事?"

那正是踩到异物的时候,果然逃不过高仓的眼睛。"对不起,我走神了。"她没说异物的事。她不想被误认为是在找借口,而且解释也没有任何意义。

高仓叹了口气。"如果这种程度的雪道都不能集中注意力,可就太不像话了。不过，外倾的倾斜度有所改善。你改进了膝盖的用力方法吗？"

"我注意了前推。"

"哦。"高仓若有所思，"是你老爸的建议？"

"不是，我自己想的。最近爸爸都没给我什么建议。"明知没必要特意强调，但风美还是不经意就说出了口。因为但凡自己的动作有所改进，高仓马上就会问是不是绯田宏昌的建议。风美希望他知道，她已经脱离父亲独立了。

"这样啊。不过别做过头。富于攻击性是你的特色，一旦放不开，爆发力就会下降。"

"我明白，我会注意的。"

高仓点点头，看了一眼手表。"今天就到这里。换好衣服后打我手机，我有话对你说。"

"什么事？"

"等会儿说。"高仓转身离开。

看来是和滑雪无关的事。风美推测，肯定是公司又派给高仓棘手的任务了。每当这时，高仓都会极度烦躁。

风美走向集训宿舍使用的酒店烘干室，听到有人说话，其中一人似乎是鸟越伸吾。他是越野滑雪的青少年运动员，最近刚来集训。可能是听到了风美的动静，说话声中断了。一个穿着防寒服、脸晒得黝黑的男人走出来，向风美点头致意，离开了。

烘干室里，伸吾正在保养滑雪板。看见风美，他连忙低头鞠躬。长椅上放着音乐杂志，上面印着"吉他特集"。

"你弹吉他？"风美问。

伸吾慌忙把杂志放进包里。

"没必要藏吧?你喜欢吉他?"

"嗯。"伸吾点头。

"真厉害。下次给我们弹一弹吧。"

"我不会……"

"什么?"

"我不会弹。虽然喜欢,可我从没接触过吉他。"

"这样啊。"

"要是吉他,我练得会更认真。跟这个比,我更想弹吉他。"伸吾边说边摆出操纵滑雪杖的姿势。

风美皱眉。"难道你讨厌滑雪?"

伸吾思索着,露出有些痛苦的表情。"不讨厌。可我明明另有想做的事,却必须忍着,所以有点想不通。"

风美换上运动鞋,起身看着伸吾。"那你不滑不就好了。没必要勉强自己吧?你这样对其他运动员很不公平。"

伸吾撇撇嘴,用手擦擦鼻子下面。"要是可以放弃,我也就不会这么辛苦了。"

"什么意思?"

"意思就是,我现在必须干这个。不好意思,能不能别问了?你一问,我会忍不住发牢骚的。"

"牢骚之类的,多少我都能倾听。"

"算了吧。"伸吾拎起放装备的袋子,准备离开,走到门口时停下脚步,回过头来。"姐姐,听说你老爸是个有名的滑雪运动员?"

风美双手叉腰,瞪着他。"我不是你姐姐。"

"啊……那个……"

"我叫绯田风美,算是你所属俱乐部的学姐。"

"我知道。我还听贝冢教练说,你是新世开发寄予厚望的新星。"

"别奉承我了。你刚才说我爸爸怎么了?"

"我听说他是个了不起的运动员,对吗?"

"在日本人里算是吧。"风美双臂环抱,点了点头,"爸爸出征过奥运会和世锦赛,在世界杯的回转项目中是种子选手。不过,几乎没有日本人记得这些,就算是你也没听说过吧?如果拿不到奖牌,业余运动员是不会被记住名字的。"

"不过,姐姐……绯田学姐,你是记得你老爸参加比赛时的飒爽英姿,所以也想成为一名滑雪运动员的吗?"

风美歪头想了想。"在我懂事的时候,爸爸已经不是运动员了,他的那些事迹只能从别人那里听到。关于滑雪,我最早的记忆是爸爸退役后教我滑雪。我想,爸爸大概是把他的梦想寄托在了我的身上。"

"梦想啊……不郁闷吗?被人强加个梦想。"

"郁闷什么啊。当初我什么都没想,只不过是和爸爸玩雪,然后就滑上了。不过幸亏那样,滑雪板和我的脚好像融为了一体,所以后来凡是比赛我肯定能赢。赢得比赛让我有种快感,也让我一直坚持了下来,就这样成了一名运动员。简单来说,就是这么一回事。"

"哦。"伸吾一脸困惑。

"是柚木先生发掘了你的天赋吧?"

伸吾的脸色瞬间阴沉下来。"好像是,我不太清楚。"说完,他凝视着风美,"绯田学姐,你的天赋也是从你老爸那里继承的吧?"

"谁知道呢。"

"要是没有这种天赋,你会怎么样?还会继续滑雪吗?"

"不知道。说起来,我也不清楚我是否有所谓的天赋。你看,你的天赋等于是得到了权威认证,柚木先生找到你,说明他有科学依据。这点我还有点羡慕你呢,因为不用犹豫了。"

"你是这么想的?可我……一点都不喜欢这种天赋。要是音乐上有天赋就好了。不,其实没有天赋也无所谓,没什么与众不同之处也挺好的。"伸吾隔着毛线帽挠挠头,"抱歉,说了这么多奇怪的话,帮我保密啊。"

"你觉得我能跟谁说呀!"风美回答。

伸吾再次微微低头行礼,离开了烘干室。

不喜欢自己的天赋吗?什么是天赋呢?风美想。她从未想过居然有人会因为拥有天赋而感到痛苦,但回过头来看,相反的情形倒是不胜枚举。无论如何热爱滑雪,如果没有天赋,就不可能取胜。

带着复杂的思绪,风美回到房间。换好衣服后,她给高仓打了电话,高仓让她去酒店的休息厅。来到休息厅一看,只见高仓正和一个男人面对面喝咖啡。一看到那个男人,风美就感到郁闷。是柚木。她无意隐瞒心中的不快,板着脸走近他们,表情十分冷淡。柚木看见她就苦笑起来,似乎早就知道自己很讨人嫌。他这样的态度让风美更加烦躁了。

"您有什么事?"风美看着高仓问。

"先坐下。"

教练的命令不能违背。她默默地坐到高仓旁边。女服务员问她点什么,她回答"不用"。

"我听高仓教练说了,你现在状态极佳,这比什么都强。"柚木笑着说道。

"对不起,柚木先生,那件事还请您和我爸爸去谈。"风美挑衅似的说。她推断柚木是来找她配合基因研究的,她决不允许他把高仓教练也牵扯进来。

"今天我不是为那件事来的,是别的事,而且已经得到了高仓教练的理解,和你父亲也沟通过。"

风美看向教练。"什么事?"

"柚木先生将担任你的宣传员。"

"宣传员?"

"名片还没印。这是公司总部的命令。你要是有怀疑,可以找体育部的小谷部长确认。"

"高山滑雪队的宣传,不是由宣传部的人负责吗?"

"不是滑雪队的宣传,是你一个人的宣传。可能你想问为什么派我来,这个问题请去问公司总部,因为我也不太清楚,大概是人手不够吧。"

这番意想不到的话让风美感到困惑。见她沉默下来,高仓开口了:"从现在开始到世界杯,基本上柚木先生都会和我们一起行动。在此期间,你的一切宣传活动由柚木先生全权负责。"

"我的宣传活动……我根本没有什么宣传活动啊。"

"过去没有,但今后就不一样了。"柚木表情严肃,"我们已经接到了好几个采访预约,虽然不必全部回应,但至少要答应几个。当然,由我负责协调,你什么都不用担心。"

风美长出一口气。"我还得训练。"

"明白。我不会让采访的事影响到你,不过希望你不要忘记,你不仅是一名滑雪运动员,更是社会的一员,是隶属新世开发福利部的职员。事实上,你几乎不用做公司的工作。这是为什么?是因为你出成绩、有影响,就是在宣传公司。不配合宣传,就等于背叛公司。"柚木用冷静而透彻的口吻说道。

风美无法反驳，因为他说的是事实。"我爸爸同意了吗？"慎重起见，她追问道。难以相信父亲能同意。他的想法一向是：运动员应当凭成绩得到世人认可。

"他的态度很积极。如果你怀疑，可以亲自问他。"柚木自信满满地回答，看上去不像在说谎。

"那我应该做些什么？"

"什么都不用做，听我指示就好。不过，先提个要求，你以后不能把我当成大麻烦。"

"我并没把您当成麻烦啊……"

"算了，我有自知之明。"柚木点点头，起身道，"我要说的就这些。高仓教练，占用您的宝贵时间，实在抱歉。明天起请多指教。"

"好。"高仓收紧下巴。

目送柚木离去后，高仓皱起眉头。"走上社会以后，只会滑雪是不行的。唉，忍着吧。就算是你老爸，当运动员的时候也不能违抗赞助商。"

"我知道，没问题。"风美站起来，"我要去趟札幌。"

"札幌？哦，你是说过他们为你订制了一双合脚的新雪靴。"高仓说的是和风美签订合同的雪靴厂商。这次定了和商家的技术人员在札幌会面。赞助商无偿提供新款雪靴，从这点来看，确实值得感谢。

"据说重量相当轻，我很期待。"

"什么时候回来？"

"明天八点应该能回来，日程表里写好了。"新世开发制作了滑雪部专用的手机网站，运动员们可以把预定日程填写在里面。当然，没有密码的人是看不见的。

"知道了。多加小心。"

和高仓告别后，风美直接朝酒店正门走去。正门那里停着发往札幌的区间巴士。说是巴士，其实是最多能载十几人的面包车。看了一眼墙上的时刻表，距发车还有十几分钟。外面天寒地冻，她决定在玻璃门内等车。

风美从包里拿出一个文件夹，里面放着的是她滑雪动作的分解照片。她正翻看时，突然有人跟她搭话："不好意思……"风美抬起脸，眼前站着一个男人，看上去六十多岁，穿着深蓝色大衣。"你是绯田风美吧？"男人问。

"是我。"

听到她的回答，男人显得很高兴，仿佛看见了光彩夺目的东西。"果然是你。我是你的忠实粉丝，能见到你真荣幸！"

"不不不。"风美很困惑，头一次有粉丝在赛场以外的地方接近她，"我……我还只是个三流运动员。"

"怎么会！你太谦虚了，我很期待你的表现！如果可以……我能和你握握手吗？"

"好的……"风美伸出右手。

男人看着她的手，像对待珍宝一样缓缓握住。这是一只温暖、柔软的手。他闭上眼睛，接着松开手。"谢谢。这将是美好的回忆。"

"这没什么。"风美摇了摇头，心想这话怎么听来都有点夸张。

"接下来要去札幌吗？"男人问。

"是的。"

"其实我也要去札幌，能和你一起吗？"

"当然可以。"

听到风美的回答，男人双眼熠熠生辉。"太好了。"他喃喃道。

得知有如此热情的粉丝，风美非常吃惊。步入社会以后，她还没有参加过大型比赛,所以这个人或许从她学生时代起就开始支持她了。

巴士停在酒店前。风美走出酒店,男人跟在后面。由于没有其他乘客,风美坐到了中间的座椅上,那个男人坐到了斜后方。

司机离开了一会儿,回来后马上上车,发动了引擎。

风美忽然想起手机落在了房间。只出门一天,不带也可以吧——她虽然这么想,可还是感到不安。"对不起。"她对司机说,"我忘拿东西了,想要下车。"

"需要等你吗?"司机问。

"不用了,我坐下一趟就好。"风美下了巴士。从车窗外往里看去,那个男人似乎略感遗憾,但仍满面笑容地向她挥手。她点头回礼。

风美回到酒店房间,发现手机放在卫生间。打开一看,高中同学发来了邮件。虽然都是些无聊琐事,但这样的交谈最让她放松。风美立即回复邮件。

等回过神来,时间竟已过去好久。再不抓紧,下一趟巴士也可能赶不上了。她把手机塞进包里,再次下到一楼大厅,只见高仓站在那里,其他滑雪部成员也都在。

"啊,风美!"一个男成员喊道。

大家的视线热烈地集中在她身上,所有人都是一副松了一口气的样子。

高仓跑过来,眼里满布血丝。"太好了!你没坐巴士啊!"

"我有东西落在房间了。不过,什么太好了……"

"出事了!发生了车祸!"

"车祸?在哪儿?"

"就在附近。听说从这出发的区间巴士出了车祸,车都烧着了!"

69

10

柚木在酒店里四处奔走，想尽早获得详细消息，但他没找到酒店的负责人，好像对方在刻意躲避那些无孔不入的媒体。

事故发生后，酒店大厅吵嚷声一片，到了晚饭时分，人群才渐渐散去，只剩前台在向客人解释区间巴士的事故。

柚木给远在东京的小谷打了电话。小谷已经知道出了事，但没得到新消息。

"滑雪部成员情况怎么样？"小谷问。

"现在正在用餐，情绪比较稳定。"

"那就好。"

"不过，部长，有件事让人担心……"柚木环视四周，"出事的巴士，是绯田风美原本要坐的。"

片刻的沉默之后，小谷低声问："真的？"

"刚才我听高仓教练说的。绯田风美当时都已经上车了，发现落了东西又下了车，这才躲过一劫。只能说她很幸运。"

"你是说，事故是有人策划的？为了要绯田风美的命？"

"还不确定,但可以怀疑。当然,高仓教练和绯田风美不知道恐吓信的事,他们不会有怀疑。"

小谷在电话那头沉吟:"你怎么看?这次的事故和那封恐吓信有没有关系?"

柚木把手机贴近耳朵,摇摇头。"不知道,我这边没有信息源,只能祈祷这是起意外事故。但我们必须尽早做出判断。"

"什么意思?"

"恐吓信的事,到底要不要报警?现在隐瞒不说,等将来真需要警方帮助的时候,我担心警方会生出什么误会。"

叹气声传来,小谷沉默不语。

"部长?"柚木唤他。

"明白了。要不要和警方联系,由我来判断。"

"我不用主动跟警察说什么吗?"

"不用。现在应该只是辖区的交通科出动了,但如果事故是人为策划的,那道警本部就会有所行动。到时候让公司的高层去处理。在那之前,你什么多余的话都不要说。"

"好。等有了进展,我再和您联系。"

挂断电话后,柚木前往餐厅。滑雪部成员们刚吃完饭,绯田风美也在,一身T恤加运动服的装束。她最终取消了札幌之行,因为事故发生后路被封了。

"绯田,等一下!"柚木喊住她,"占用你点时间。"

"我现在要去教练那里看录像。"

"不会耽误你太多时间,"柚木说着,看了看高仓,"也就十五分钟左右,可以吗?"

高仓冷淡地点点头。

柚木坐在角落里，和风美隔桌相对。"听说你原本也打算坐那辆巴士？运气真好。"

风美皱眉。"我并不感到庆幸。因为有人出了车祸，我还和他说过话呢。"

"是认识的人吗？"

"不，是在上车前他跟我说过话，说是我的粉丝。我跟他握了手，他看起来特别高兴……"

"这样啊。命运真是捉弄人。"柚木本想说，也许那个粉丝做了风美的替身，但他咽下了那句话。如果说出来，实在太没心没肺了。"粉丝真的很不可思议。他们会在意想不到的地方看着你，任何事情都能嗅到味道，无论什么都想打探，有时甚至比你本人更了解你。你会有越来越多这样的粉丝的。"

风美纳闷地歪着头。"我又没正式参加过什么比赛，他为什么会支持我呢？"

"所以说嘛，粉丝是很不可思议的。其实我想问的就是这个，以前有像这样的粉丝主动接触过你吗？"

风美垂下眼帘，仿佛在思考，随后开口道："参加完比赛以后，会有人来打招呼，说些'祝贺你''太棒了'之类的话，偶尔对方还会要求合影。"

"有特定的粉丝吗？只要有你出场肯定来助威的那种，有吗？"

"除了认识的人？"

"嗯，纯粹就是你的粉丝，就像追星族。"

"那种啊……也不是没有。"

果然，柚木想。所以新世开发才发掘到了她，还给她配备了专任宣传员。"知道对方的名字和身份吗？"

"只知道一部分人的,因为有不少人写信、寄照片来。"

"来信你都保存着?"

"嗯,都放在札幌的家里。"

柚木点头。"这两天我想读一下。你什么时候回札幌?"

风美本就僵硬的表情看上去更冷峻了。"柚木先生,为什么连这样的东西都要给您看?"

"正因为是'这样的东西',我才必须看。白天说过了,我是你的宣传员。我不仅要做你和媒体间的桥梁,为了你能专心比赛,在所有方面做好你的后盾也是我的工作。如果你有狂热的粉丝,我当然有必要掌握情况。"

"没那个必要。那是我的粉丝,我自己——"

"别说傻话!"柚木严厉地说,"不要再让我重复。迄今为止,你滑雪也许只是为了自己,但今后你不对公司有所贡献是不行的。你自己去接待粉丝?有那个时间还不如去训练。而且,粉丝是把双刃剑,站在你这一边时一切都好,但不知何时也许就会变成敌人,和他们保持距离才能平安无事。我可知道好几个知名运动员被跟踪狂纠缠不休。"

风美神情不快地把脸扭过去。

柚木苦笑。"唉,这虽是极端的例子,但都有可能发生。你被跟踪狂骚扰过吗?"

"没有。"风美瞪着柚木。

"那就好。但就像我刚才所说,这种事是很有可能发生的。到时候为难的不光是你,还有公司。所以,我想从现在开始就采取措施,防患于未然。这是命令,把过去收到的粉丝来信让我看一遍。如果你不想让我看到内容,只给我信封也行。"

风美放弃般叹了口气。"今天没回成札幌,这两三天之内会回去。那时拿信可以吗?"

"可以,到时候通知我一声。"

风美没再回应,从椅子上站起身。"再见。"

柚木简单用过已经迟了的晚餐后,回到今天刚入住的房间。洗完澡后,他从冰箱里拿出一罐啤酒,打开电视。新闻刚刚开始。只见"酒店巴士车祸起火"的大字幕出现在屏幕上,他赶紧调高了音量。

"今天下午四点左右,位于北海道○○市的诺斯普莱德酒店的区间巴士发生了一起交通事故。该巴士在开往车站的途中,撞上山体侧面并起火燃烧。司机与车上一名乘客分别负轻伤和重伤。司机为该酒店职员山根和夫(四十二岁),他的手臂和腰部受伤,但没有生命危险。通过驾驶证证实,受伤乘客为新潟县长冈市的公司社长上条伸行(五十四岁),该乘客头部受到剧烈撞击,失去意识,病情危笃。事故原因正在调查当中。"在主播播报时,屏幕上出现一张照片,下面打出文字"上条伸行"。照片应该是驾驶证上的。

看到照片,柚木条件反射般站了起来。因为恐吓信的事,他曾前往绯田宏昌就职的健身中心,那时他看见有个人目不转睛地凝视着绯田风美的海报。照片上的人正是当时的那个人。他不禁回想起了风美的话,她说遭遇车祸的是她的粉丝。的确,那个人当时的神态也证实了这一点。

真的只是偶然吗?

第一罐啤酒转眼间就喝完了。他打开冰箱,取出第二罐,还剩两罐其他牌子的啤酒。就算把这些全部喝光,他今夜也将无法成眠。

11

　　坐在电视前，绯田浑身僵硬。上条伸行出了车祸，而且据说乘坐的是风美集训酒店的区间巴士。他不认为那是偶然，恐怕上条是特意去见风美的。

　　上条和风美见过面了吗？如果见过了，他们说了些什么？想到这里，他按捺不住了，等回过神来，手机已经握在了手中。

　　"喂。"风美的声音传来。

　　"风美，是我。"

　　"嗯，爸爸有什么事吗？"

　　"我看新闻，说巴士出了交通事故。"

　　"是啊，吓死人了。"

　　"你们受到影响了吗？"

　　"还不清楚，反正明天的训练先停了。酒店也是新世开发的产业，在这种紧急时刻，如果滑雪部还若无其事地训练，在外界看来会觉得态度太不严肃了。"

　　站在公司的立场，这么做比较妥当。但绯田无论如何都想要确

75

认的是另外一件事。"那个出车祸的乘客，"他慎重地选择着用词，"是个什么样的人？去滑雪的游客？"

"不太清楚……"风美的语气越来越弱，听起来像是有话要说，却在犹豫是否该开口。

"嗯？怎么了？"

"其实，我和那个人说过话。"

这简直是晴天霹雳。"什么时候？说了什么？"绯田的声音猛地抬高了。

"等巴士的时候。没说什么要紧的话。"

说完这句之后，风美接下来的话让绯田的内心激动起来。上条好像只是作为一个粉丝接近了风美，态度犹如绅士般彬彬有礼，没让她感到任何不信任或不愉快。他隐藏了真实身份，试图和亲生女儿重逢。想象着那一瞬间上条的心境，绯田感到胸口隐隐作痛。那一刻，上条一定想流泪，想紧紧抱住自己的孩子吧？DNA鉴定只不过是个形式，绯田想，上条只要见到风美，一定就能确信了。但另外一件事也让绯田在意。风美说，她原本是要坐那辆巴士的。

"你要坐那趟车，是早就定好的吗？"为慎重起见，绯田追问道。

"嗯，因为正好能赶上电车。出车祸时所有滑雪部成员都以为我也在那辆车上，绘理都哭了。"

不安的阴影愈发浓重，之前柚木说的恐吓信掠过脑海。会不会和这次的事故有关？绯田陷入沉默。

"爸爸？"风美唤他。

"啊……哦，我听着呢。"

"你不用担心我。可能媒体会纷纷赶来，但酒店那边已经处理好了，设法不让媒体采访我们。还有，柚木先生也会保护我。"

"柚木？他在你那儿？"

"说是做我的宣传员，还说已经跟你说好了，是真的吗？"

"嗯，听他说过。"

"是吗……有点意外呢。爸爸很讨厌这种事吧？"

"是不喜欢，但有时也没办法。毕竟我们是接受资助的一方。"

"我明白。"

"能利用的资源尽管利用。好好用的话，柚木那个人也能有他的作用。"

"明白了。爸爸还有别的事吗？"

"没有了。杂事太多，你可能很难集中注意力，但是一定要做好健康管理。"

"没事，放心吧。"说完再见，风美挂断了电话。

绯田盯着手机，摇了摇头。风美对正发生在自己身上的事情一无所知，对今后将会发生什么同样一无所知。

绯田拿起放在桌子上的塑料盒，小心翼翼地打开，里面有张小小的纸片。纸上沾着红黑色污渍般的东西，仔细看能看出那是血迹，而且是指纹形状，即血指印。

第一次看到这个，绯田觉得是上条在表示他的坚定决心。做DNA鉴定用头发便已足够，或者采集口腔黏膜也可，但上条特意准备了妻子的血指印，因为是指纹，所以不会弄混。他思考缜密，并非凭着马马虎虎的心态行事。上条心意坚决，绯田觉得根本无法逃避。

刚才跟风美说过的话又在耳边回荡。能利用的资源尽管利用——是的，也许那个人可以好好利用一下。

12

　　翌日清晨，柚木被电话叫醒，脑袋昏沉，视野模糊。昨晚何时入睡的，他已根本记不起来，上床以后应该也是辗转反侧。他伸手去拿手机，看了眼时钟，已是九点多。电话是小谷打来的。"喂。"他声音嘶哑。

　　"你还在睡觉？"

　　"正在检查邮件，然后准备收集信息。"他走到门边，取出从门缝塞进来的报纸。

　　"有进展吗？"

　　"没什么进展……"他小心翼翼，尽量不发出声响地打开了报纸。社会版刊登了昨天车祸的报道，他扫了一眼标题，好像没什么新消息。

　　"这样啊。其实情况发生了变化，今天一大早，道警本部搜查一科好像联络了酒店的总经理。"

　　"搜查一科？为什么会这样？"

　　"那可能不仅仅是一起交通事故。总经理先报告了公司，然后公司的总务科联系了警方。"

"根据是什么?"

"具体情况还不清楚,大概是侦查机密吧。"

"恐吓信的事和警方说了吗?"

"总务科长已经告诉警方,复印件也送交警方了。估计过不了多久,侦查员会去找你,要是对方询问,你实话实说就行。"

"那恐吓信的事也得告诉绯田风美了。"

"没办法,一时一个情况。精神层面上就由你安抚她吧。"

又来了一桩麻烦,柚木想,但他没说出口。通话结束后,他在卫生间洗了把脸,开始反复玩味起小谷的话来。既然不是交通事故,那就是人为的了?这种情况下,凶手应该就在身边。

换好衣服时,内线电话响了。是道警本部的刑警,自称木原,说是想马上找他谈。柚木告诉对方到自己房间来后,挂断了电话。

不久,敲门声响起。打开门一看,外面站着两个男人,都是西装外套着大衣。柚木请二人进入房间,他们分别做了自我介绍,一个是警部[①]木原,另一个是巡查部长西岛,都隶属搜查一科。木原给人感觉像一名优秀的企业家,西岛则散发着沉默寡言的手艺人气息。二人的共同点是目光都很锐利。

"我们开门见山吧。恐吓信的事和当事人说了吗?"

"是指绯田风美吗?还没有。"

木原双臂环抱。"你们不方便对当事人开口,可以理解。但现在有人受了重伤,事态已经非常严重,你们必须做出决断。"

"是要和她……说吗?"

"你们公司社长和道警本部已经谈妥了。如果你不好开口,我们

[①] 日本警察的警衔由高至低分为警视总监、警视监、警视长、警视正、警视、警部、警部补、巡查部长、巡查。

可以去说，你只要在旁边陪同就可以。"

"不，该说的时候我可以……不过，这也许单纯只是一起交通事故呢？"

木原和身边的西岛交换了一下眼神，重新看向柚木。"此事还没有公布，所以希望你绝对不要外传。巴士的刹车有被人动过手脚的痕迹，这不仅仅是一起交通事故，而是有人故意实施的犯罪。"

刑警的眼神极其认真，语调也很严肃。即使这样，柚木也没什么真实感。他开口问道："这有没有可能是性质恶劣的恶作剧？比如某个人半开玩笑的恶作剧。"

西岛瞪大了眼睛，脸上的表情像是要扑上来咬他。

"柚木先生，"木原的声音冷静透彻，"请不要让我们反复解释。已经有人受了重伤，很可能救不回来。如果发展到那种程度，这就是谋杀案。有谁会半开玩笑地犯下谋杀罪？即使没有明确的杀意，我们也绝不容许凶手逍遥法外。请你积极配合我们！"

在两个刑警的怒视下，柚木不得不移开视线。谋杀案——他在心中重复着这个词，仍然没有获得任何真实感。他拿出手机时依然在想，这一定有什么误会。

看着摆放在桌上的恐吓信复印件，绯田风美浑身僵硬。这是理所当然的，柚木想，就算是稍有胆量的人看到信也会害怕，更何况风美才十几岁。高仓在风美旁边，一脸不快。他被柚木喊来说有要事，却怎么也没想到是这样的事。他们借用了酒店的办公室，房间里摆放着廉价的沙发，毫无情调。

"为什么不早告诉我？"风美将锐利的视线投向柚木，"昨天说的其实就是这事吧？所以您才突然让我交出粉丝来信！"

柚木皱起眉头。"我不想扰乱你的情绪,而且我本以为这只是个恶作剧。现在我仍然觉得很可能是恶作剧,因为这世上怪人多得是。"

风美叹了口气。"爸爸也知道恐吓信的事吧?"

"嗯,和他说过。"柚木说,"我当你的宣传员也是出于这个理由。"

"原来是这样,所以爸爸才允许您做我的宣传员。"

"因为担心你,所以才隐瞒,不能让你因为一个恶作剧感到不安或害怕。"

"但是,"高仓说,"我希望能事先对我说一声。"

"很抱歉,请您谅解。我们希望高仓教练您专注指导滑雪,这是向公司总部汇报后做出的决定。"

"就算是这样……"高仓就此打住。

风美伸手去拿复印件,瞥了一眼内容后,抬起头来。"那我要怎么做?不参加比赛吗?"

"你不必想这些。"柚木皱起眉头,"我没有下达这种命令的权力,并且目前我没接到类似的指示。"

"可是,如果我参加比赛,写这封信的人不知会干出什么事来。这样也没关系吗?"

"所以我们要加紧防范,防止意外发生。当然,警方也会配合我们。"柚木再次看向木原二人。

木原用指尖挠了挠鼻翼。"我们并不是屈服于凶手的威胁,而是从确保人身安全的角度分析,认为绯田小姐暂停出赛比较好。"

柚木惊讶地瞪着木原,高仓也挑起了眉毛。但木原似乎并不觉得自己说了什么奇怪的话,一副满不在乎的样子。"而且,"木原继续道,"重要的是当事人的想法,不是吗?要看绯田小姐怎么想。她不想参赛,那么谁都没有权力强迫她参赛,何况现在又是这么危险的状况。"

虽然想把木原的嘴堵上,但很可惜,柚木没有想到反驳他的话。考虑到风美的安危,不让她参加比赛是最好的。

等她情绪稳定以后再说吧——柚木正想这么说时,风美抬起头,看着两个刑警,问:"昨天的车祸……是写这封恐吓信的凶手策划的吗?凶手的目标是我吗?"

木原的神情比刚才更严肃了。"我们已经查明,这次的车祸是人为造成的。凶手的目的是什么呢?一般来说,只能认为是想要某人的命。但凶手想要谁的命?那个现在昏迷不醒的男子乘坐那辆巴士纯属偶然,凶手无法预测到。剩下的就是司机,但目前没有发现他被盯上的理由。因此,我们只能联想到你。滑雪部的手机网站上写着你昨天四点离开这里的预定行程,基本上只有滑雪部成员才能看到。我们认为,可能是凶手盗取了手机网站的密码,看到预定行程后,策划了此次车祸。"

听了木原的话,风美无力地垂下了头。"那么,那个人……那个大叔,是做了我的替身吗?"

"还不确定。"柚木安慰道。

"可是……"风美哽咽了。

木原开口打破了沉默:"要是你觉得对不起他,就请配合我们的工作。关于写恐吓信的人,你有什么线索吗?"

风美垂下脑袋,摇了摇头。"没有。我会把过去收到的粉丝来信提供给你们,但是没有人写什么奇怪的话。"

"这样啊。唉,就算寄来了这样的恐吓信,也不能说明凶手就对你怀有仇恨。那个人的目标也许是公司。"

柚木看向木原。"凶手对新世开发怀有仇恨吗?"

"当然，也可能是单纯以金钱为目的的犯罪。"木原说，"很有可能随后对方就会向我们提要求。"

柚木点头。若是这种情况还比较好办。

"今天就到这里吧。要是大家想到了什么，请马上告诉我们。请千万不要凭借外行的判断擅自行动，好吗？"木原最后的话明显是冲着柚木说的。

"那么，我该怎么做？"风美问。

"粉丝来信是在你家里吧？你什么时候回去？"

"随时都可以。"

"那就定在今天下午吧。再联系。"木原说完站了起来。

刑警离开后，三人陷入一阵沉默。风美率先开口："他怎么样了？那个乘巴士的大叔……"

"听刚才的刑警说，目前昏迷不醒，清醒的概率有五成。"柚木说。

风美抱住头。"怎么办……"

"不是你的错。"高仓说，"就算对方的目标是你，也不是你的错，而是凶手太不正常了。"

"可是……"说完这两个字，风美便没再说下去了。

有人敲响了房门。

"请进！"高仓喊。

门轻轻打开了。是绯田宏昌，他的表情十分僵硬。

"爸爸，你怎么来了？"风美瞪大眼睛。

"我太担心了。听说你接受警方询问了？"

风美露出哀伤的神色。"他们说那起车祸是人为策划的，也许目标就是我。"

绯田的脸扭曲了。"果然是这样吗……"

"果然是?"风美立即反应过来,"是啊,爸爸知道恐吓信的事。昨天晚上爸爸就察觉到了。"

"我当时想,也许会是那样,就是听到你说原定乘那辆巴士的时候。"

"要是没把日程表写得那么详细就好了。几点出发这种信息,不写也没事。都怪我,把无辜的人牵连了进来。"风美难受得直发抖。

"不是说了吗?不是你的错。"高仓的表情看上去很痛苦,"让把预定行程写得详细的人是我。这也有我的责任。"

绯田面色沉痛地坐下。看到他这个样子,柚木感到一丝不对劲。

大家都认为那个姓上条的男子被卷入车祸只是偶然,就连警方也如此判定。但真的是这样吗?他想起去绯田就职的健身中心时的情景。绯田和上条应该是认识的吧?既然认识,为什么他不说呢?

13

汗水沿着太阳穴流到脸颊、脖颈，体温似乎在上升。他拼命蹬动双腿，却感觉丝毫没有前进。滑轮滑雪和真正的滑雪到底不同。滑雪杖前端刺入雪里的声音让人郁闷。

呼吸困难，肌肉疲累，虽在雪上却很燥热。雪反射的光也让人不快，墨镜根本不起作用。当然他很清楚，摘下墨镜，肯定连睁开眼都费劲。

这种比赛到底哪里好？鸟越伸吾边滑边在心里痛骂。反正都得滑，他觉得还不如滑高山滑雪。来到这里以后，他第一次看到了绯田风美等高山滑雪运动员的滑行，当然，伸吾看到的只是他们滑得轻松的时候，但他仍觉得他们棒极了。他觉得高山滑雪很帅气，对其产生了憧憬。如果是高山滑雪，不仅能在朋友面前炫耀，还受女孩子欢迎。

然而，自己却被迫练习毫无看头的越野滑雪，既欠缺速度感，靠自己的力量爬坡的时间又比滑雪时间长。好不容易挨到下坡，也不能像高山滑雪那样用板刃流畅地转弯，必须在拐弯时细碎地移动脚步。

教练说习惯后就能欣赏周边的景色了,但他根本提不起兴趣,因为无论到哪儿景色都千篇一律。附近一带都被白雪覆盖,虽然白桦树的排列时有变化,也没什么特别的。

他来到了雪道中数一数二的急陡坡。如果是下坡还好,可惜是上坡。教练是个虐待狂吧?

伸吾正喘着粗气爬坡,一件蓝色防寒服映入眼帘,正是疑似虐待狂的教练贝冢。刚才他还在酒店前计时,应该是抄近路来的。不过,就算他穿雪鞋爬上来,估计也很辛苦,真想对他说声"辛苦了"。

"好极了!好极了!就按这个节奏,动作幅度再加大些!坚持到最后,脚上的力量别放松!"贝冢把两手拢成扩音喇叭的形状大喊道。不这么喊也听得到——伸吾连如此抱怨都觉得麻烦。

他从贝冢面前滑过,继续滑行。说是滑行,不如说成攀爬更确切。第一次遇到这个坡道时,他甚至连终点在哪里都不知道,滑到中途就厌烦了。

前方出现了一棵粗壮的白桦树,非常眼熟,他安下心来。从那里开始就是一段下坡。先努力滑到那里吧!他思忖着往上爬,突然听到后面传来刨雪的动静,还夹杂着细微的呼吸声。伸吾回头,只见一个身穿深红色滑雪服的大个子正默默追赶上来。对方好像并没有特意追赶,但这样被人从后面逼近对伸吾而言却是头一次。他知道除了自己,还有人也在这条雪道上练习,但一直没遇到。

伸吾知道这个滑雪运动员是谁。今天练习前,伸吾看到他在离自己稍远的地方做准备活动。贝冢说他是当地高中滑雪社的。

"有好几个人从那所高中毕业后进了国家队。他们的队伍虽然小,但在越野滑雪界赫赫有名。"

"是嘛。"当时伸吾只是随声附和,并不感兴趣。

伸吾并不在意,按照自己的节奏继续前行。蹬雪的声音和后方传来的声音掺杂在一起,近旁白桦树上的积雪一下子落了下来。

追赶而来的声音越来越大。很明显,他比伸吾节奏快。落在雪面上的影子映入了伸吾的左眼角。影子超过伸吾后,影子的主人——穿深红色滑雪服的运动员追了上来,和伸吾并排。无论是操纵滑雪杖的手臂动作,还是蹬雪的步调,对方都沉着有力。看向他的侧脸,只见他脸颊上长满了青春痘。看对方的神态,似乎也并不在意伸吾。

要不比一比?伸吾起了些兴致。他双手和双脚加了把力气,感觉推动力加大了。本来眼看要被赶超了,但伸吾重新夺回优势,再次领先。什么呀,也没什么了不起嘛。

然而伸吾的优势到此为止。伸吾打算维持着高速度,但对方几乎一步不落,保持着距离紧跟伸吾,简直把伸吾当成了领滑员。

就要接近那棵坡顶的白桦树了。伸吾刚松了口气,对方突然加速前冲。伸吾措手不及,此时已经用尽全力,肌肉不听使唤了。刹那间,他赶超了伸吾,越过坡顶,轻盈地滑下坡。他的背影眼看着变小了。

伸吾用贝冢教他的蹲踞式滑下坡。

那家伙滑到哪儿去了?伸吾陷入思索时,忽然出现一个急转弯。大意了!下坡提速后遇到的这种转弯被称为鬼门,伸吾也知道必须要多加小心。他慌忙小幅调整滑雪板,身体差点因离心力被甩出去。必须灵活地拐弯,而他又不想降低速度。滑雪可真麻烦,雪上又行动困难。唉,要不这样?他强行拧转滑雪板。

发现失去平衡时为时已晚。伸吾在弯度最大的地方摔倒了,双腿甩出雪道,后背重重地摔到地上。疼倒是不怎么疼,只是一阵莫明其妙的屈辱感和自我厌恶情绪袭来。伸吾并不想马上站起来，只想就这样呈大字状躺着。一道道条形云在蓝天游走，远处传来鸟儿的鸣叫。

今晚就听彼德·福兰顿吧，他迷迷糊糊地想。同住一室的贝冢就寝前才会回房间，抽空看喜欢的 DVD 是他最近的习惯。一边看知名吉他演奏家的表演，一边假想自己就是乐队成员，弹着"空气吉他"。不了解的人看到了，怕是会以为他有些愚蠢。

听到滑雪的声音，伸吾回过神。又有几个人滑下来，全都身穿深红色滑雪服，好像是刚才那人的队友。一群怪人！伸吾愤愤地想。在高中参加社团活动应该更快乐吧？比如说轻音乐社团什么的。

"你没事吧？"突然有声音传来，是个年轻人。伸吾撑起上半身。一个应同属滑雪社的男生滑了过来。他个子很矮，体形纤细。"你……受伤……了吗？"对方气喘吁吁地问。

"没事，就是歇一会儿。"伸吾赶紧站起来。

"这样啊。"对方微微一笑。

"抱歉，害你绕道了。你们其他人已经走了。"

小个子滑雪运动员点点头，滑下坡道。因为体重太轻，速度也出不来，他操纵滑雪杖的手臂动作软弱无力，看起来已相当疲惫。

伸吾再次出发。从此处下坡并不会耗费太长时间，之后几乎都是平地。伸吾什么都不想，任凭自己的身体移动着，不知不觉中，刚才见到的那个运动员又近在眼前。对方像一个即将坏掉的机器人偶，正笨拙地前行。伸吾迅速追上，和他并行。伸吾瞥了他一眼，对方似乎没有余力留神这边，皱着脸，似乎喘不过气。

自己状态这么差，怎么还关心摔倒的人？伸吾想。当然，这种感觉并不坏。加油！他在心里为对方呐喊后，轻快地超过对方滑走了。

来到酒店门前的终点,贝冢正脸色阴沉地等着他,手里没有秒表。伸吾到得太晚,已经没有必要计时。

滑完全程,卸下滑雪板时,贝冢走近伸吾。伸吾知道他想说什么,于是抢先说道:"我在最后一个下坡摔倒了,摔出了雪道。爬上坡花了不少时间。"

"你还是不擅长转弯?有没有受伤?"

"没有。"

"好。"贝冢点了点头,"把装备放到烘干室,认真做完拉伸再去吃饭。"

"好。"伸吾回答。

这时,两名男子朝他们走来。一个穿着羽绒服,另一个穿着大衣围着围巾,两人双手都插在口袋里。"打扰一下。"穿羽绒服的男子说,"能问两句话吗?马上就结束。"他从口袋里抽出手,亮出警察手册。伸吾还是头一次亲眼看见这种证件。

"什么事?"贝冢问。

"你们是新世开发滑雪部的人吧?"

"是的,不过我们隶属青少年俱乐部。"

"这样啊。你们总在这一带训练吗?"

"是的。"

"从几点到几点?"

"每天不一样。"

"昨天下午三点到四点间,你们在训练吗?"

"昨天?"贝冢看向伸吾,然后把视线挪回刑警身上,"三点左右训练就结束了。"

"也就是说，三点左右你们还在这一带，是吗？"

"嗯，因为之后还要收拾整理。"

"你呢？"刑警问伸吾。

"不太确定。"伸吾歪了歪脑袋，"可能已经回酒店了。"

"记得多少说多少。当时，在这一带看到过什么可疑的人吗？"刑警来回审视着贝冢和伸吾。

"可疑的人……什么样算是可疑？"贝冢一脸困惑。

"形迹可疑、鬼鬼祟祟、看上去不应该出现在这里、不清楚在干什么的人。特别是……从这里能看见停车场吧？"刑警指着酒店的停车场。只滑雪不住宿的客人一般会把车停在另一个稍远的停车场。"比如说，那个停车场出现过什么可疑的人吗？"

"不知道。"贝冢漫不经心地回答，"没注意过那种地方，也不记得有什么。"

刑警看向伸吾。伸吾耸耸肩，表示"我也一样"。

"这样啊。抱歉，打扰你们训练了。"

两名刑警行礼后，走向那些高中滑雪社的学生。滑雪社的学生站在一起，正听一个顾问模样的男子训话。刑警似乎问了他们相同的问题，但那注定是白费力气，因为他们是今天才来这里训练的。

"到底在查什么？"伸吾望着刑警的背影嘟囔道。

"昨天的巴士事故吧？昨天都很晚了，还有警察进出呢。"贝冢说。

"那不是交通意外吗？"

"我也这么想。"

和直接走向酒店侧门的贝冢分开后，伸吾走向烘干室。高山滑雪队的滑雪板摆成一排。受事故影响，他们今天好像停训。为什不让我停训啊？伸吾不满地想。烘干室门口有个三叠①大的空间。做了几下拉伸后，他走上楼梯。

走在通往大厅的走廊时，旁边的门突然开了。一行人陆续走出，其中有高山滑雪队的高仓和绯田风美，伸吾不想看见的柚木也在其中。

柚木偏偏赶在别人之前发现了伸吾，一脸惊讶地走近问道："上午的训练结束了？"

"嗯。"伸吾回答道，看都没看对方。

"适应滑雪了吗？在雪上滑，到底感觉不一样吧？"

"不清楚。"他小声说。他决定不给这个男人好脸色。

"听说交通事故的事了吧？可能会有点乱，不必在意，做你该做的事就行。"

那我是不是只看吉他DVD就行了？伸吾腹诽。

"总之，按照贝冢教练说的做，不会错。那先再见了，下午我可能去看你训练。"柚木拍拍伸吾的肩膀，快步走远了。

"你不用来。"看着柚木的背影，伸吾小声说道。

---

①日本计量房屋面积的单位，1叠约为1.62平方米。

14

过午,柚木在酒店餐厅用餐时,看到几个新世开发滑雪部的成员扛着滑雪板,向缆车站走去。他们都没穿队服,而是换上了自己的滑雪服。如果事故发生之后,公司总部的滑雪部还毫无顾忌地去训练,恐怕会招致大众的反感。但贝冢说鸟越伸吾的训练照常进行。越野滑雪与高山滑雪不同,不使用普通的滑雪场,不必担心被游客看见。而且伸吾正面临重要时刻:在这次集训中,他无论如何必须掌握滑雪技术。

高山滑雪队的教练高仓坐在角落里喝着咖啡,看起来无精打采。这也理所当然。

柚木收拾好餐具后,走近高仓。"绯田在干些什么呢?她也去滑雪了?"

"和刑警一起去札幌了。"

"去取粉丝来信?"

"嗯。即使不是那件事,现在又哪里顾得上滑雪呢?"

柚木在高仓旁边的座位坐下。"她好像受到了很大的打击。"

"到底是怎么回事?我只想培养优秀的滑雪运动员,他们自己应该也只是想增强实力。为什么会变成这样？又不是什么明星，却要拍海报、上杂志彩页。就是因为这样，才会被那些不法之徒盯上。"高仓抬头看着柚木，轻轻摇了摇头，"跟你抱怨这些也没用。"

"我明白您的心情。总之，先交给警察吧。"留下沮丧着点头的高仓，柚木离开了餐厅。为什么日本这些从事体育的都这么死脑筋？往大厅走时，他感觉很烦躁。

高仓没有明白做滑雪教练能获得报酬的理由，他自以为明白，但并没有看清本质。不仅是滑雪，企业之所以大力支持体育运动，是因为有利可图。一旦企业培养的运动员大受欢迎，企业也将家喻户晓，形象得以提升。出名的捷径就是在奥运会上获得奖牌，为此高仓才会被雇用。反过来说，即使获得奖牌，若没有名气，对企业来说也没有好处。因此，宣传活动很有必要。企业制订战略，设法提高运动员的知名度，这和高仓的"滑雪运动员只要滑得好就行"这种单纯的想法格格不入。要是绯田风美的名字家喻户晓，名气到了引发此次事故的程度，对企业来说甚至可喜可贺。

当然，狂热的粉丝变成跟踪狂，然后因为某些缘故开始憎恨运动员的事情也时有发生，但这并不适用于此次事故。要真是跟踪狂干的，周围的人肯定会察觉。

大厅里有几个人，明显是侦查员。如果巴士事故是人为的，那么凶手很可能直到犯罪前都待在这家酒店里。警方可能要收集与可疑人物相关的目击证言吧。

在大厅一角设有专门的茶室，柚木走了进去，用手机查了一下网上的信息，找到几则关于巴士事故的报道，但没有新内容。有报道称，虽然事故原因还在调查，但有可能是司机操作失误所致。看来，道警本部打算先向媒体隐瞒事故的相关情况。

一道影子落在手边,有个人站在了他面前。柚木抬头,只见绯田宏昌正目不转睛地俯视着他。

"您不是和风美一起回札幌了吗?"

"那边都交给她和警察了,我做不了什么。我可以坐这儿吗?"绯田指着柚木对面的椅子问。

"请坐。"柚木回答。绯田主动接近自己实在罕见。

绯田刚一坐下,服务员就过来了。他点了杯咖啡。"有什么新消息吗?"绯田瞥着柚木的手机问。

"没有,还是电视上报道的那些。"

"小谷部长很恼火吧?"

"他那张板着的脸好像就在我眼前。现在恐吓信的事还没走漏风声,一旦媒体知道了,怕是要天翻地覆。"

"你觉得那封恐吓信的目的是什么?"

"毫无头绪。风美参加比赛,对方就会蒙受损失——可以认为是这种人干的,但到底是什么人,我完全无法推测。要是风美是个世界级优秀运动员,还有可能是对手阵营策划的……"

绯田露出苦笑。"风美不过是乳臭未干的菜鸟级别。参加过世界杯级别的比赛之后,才够格被人当成对手呢。在那之前,人家连她的名字都不会知道。"

"同意。所以我刚才也说,不知道恐吓信的目的到底是什么。"

"凶手到底在想什么啊?"绯田眺望着远方,眼神茫然。咖啡端了上来。绯田没加奶和糖,板着脸喝起来。

看着绯田的样子,柚木觉得,这个人可不会为了这些没什么实际内容的话特意接近自己。"绯田先生,您有什么话要对我说吗?"

一阵踌躇后,绯田开口道:"听说你在做风美的宣传员,那你的本职工作怎么样了？就是那个基因研究。"

柚木诧异地看着绯田。"难得您能关心我的研究，是心境发生变化了吗？"

"那次之后我考虑再三，多少有点感兴趣。怎么样？你还想要研究我们父女的基因吗？"

"当然了，没理由放弃啊。"

"你的理论是这样的吧？能否成为世界级运动员，和天赋有很大关系。你还说过，你们已经找到了影响运动天赋的基因类型。"

"虽然还不确定，不过是有力的替补。从一流的体操运动员身上也发现了这种基因类型。在体操界，父子两代都大获成功的例子有很多，我们推测都得益于这种基因类型，我们称之为F型——"

绯田将手一挥，像在说"没必要告诉我名字"。"你说过，你们从风美的血液中也发现了那种基因类型，所以推测我这个父亲身上也有。但是，我想你也应该明白，风美不是我一个人的孩子，她还有母亲。"

"那又如何？"

绯田把手伸进上衣口袋，拿出一个薄塑料盒。"我听说通过血液可以检测基因，没错吧？"

"当然可以，不过要看血液的状态。"

"你看这个怎么样？"绯田打开塑料盒，放到柚木面前，"能检测吗？"盒子里面有一张小小的纸片，染着红黑色的污渍。仔细观察，能看出那是一枚带血的指纹。

"这是……"

"是一个女人的东西。"

"您说的这个女人是……"

"收拾东西的时候,我发现了一封多年以前的信。从内容上看算是承诺书,上面有我妻子的签名。这枚血指印,就按在签名的下方。"

柚木抑制不住涌上心头的好奇。"是什么样的承诺书?实在让人在意啊。"

"和你没关系。即使你感兴趣,凭它也赚不到一分钱。但对于我来说,这是件重要的事,我必须确定承诺书的真伪。笔迹确实很像我妻子的,但是没有确凿的证据。"

"这样啊。"柚木理解了眼前的状况,"您想要鉴定血指印的DNA,是吗?如果能够确认这枚血指印的主人和风美之间的母女关系成立,那么承诺书就无疑是真的。"

"正是。怎么样,感兴趣了吧?"

"这不是很有意思吗?就是说,您想拜托我鉴定DNA。"

"这对你也不是没有好处,你知道我想说的是什么。"

"也就是说,"柚木拿起塑料盒,紧盯着血指印,"在亲子鉴定的同时,可以检测基因类型?"

"是的。这枚血指印,你可以查到满意为止。"

"真的吗?"

"你觉得在这种事上,我会说谎或开玩笑吗?"

柚木把塑料盒放回桌上。"明白了。我接受您的鉴定申请。"

"费用大概需要多少?"

"不要您的钱。毕竟您在协助我们研究。"

"先说好,我刚才只是说这枚血指印你可以随便检测,但并不代表我要协助你们。如果检测出基因类型和风美的一模一样,那么很遗憾,是你输了。因为那说明,我和风美的滑雪技术与基因没有任何关系。"

柚木露出笑容，摇了摇头。"这没有什么胜负输赢。那样的话，我们只需要再调查一下您过世的夫人。弄清运动能力是如何遗传的才是我们的目的。只不过，'出色的基因成就父女二人成为顶级滑雪运动员'这样充满戏剧性的报告是写不出来了，这比较遗憾。"

"别嫌我啰唆，我和风美都不是顶级滑雪运动员，只不过是在日本人当中相对成绩稍好一些的平凡的运动员。顺便说一下，我的妻子甚至连平凡的运动员都算不上，她只是一个平凡的家庭主妇、一个平凡的母亲。"

"对于我们研究者来说，不存在'平凡'这一概念。总之，我先去检测，还不能确定从这枚血指印中就能查出风美的基因类型，倒不如说，我推测的结果是'不能'。绯田先生，到时候可就要拜托您直接协助我们了。"柚木抬眼看向对方。

绯田紧抿嘴唇，缓缓地点了点头。"好吧，到那时我会配合的。"

"您的意思是，到时我们可以采集您的 DNA 样本，可以检测您的基因？"柚木执拗地追问。

"可以。不过，希望你能等到这次世界杯结束。"

"这次世界杯？就是在日本举办的这一届吗？"

"是的。主办国有特权，能参加的人数比较多。如果顺利，风美也能入选。参加这次比赛将成为她的宝贵财富。在那之前，我不想她被奇怪的信息干扰。"

"奇怪的信息？您的批评可真严厉。"柚木苦笑之后，立刻变回郑重的表情，"不过，她未必能参赛。如果没有发生这起事故，SAJ[①]应该会选她。但目前来看，也许警方会施加压力，即使 SAJ 选了她，

[①]日本滑雪联盟，全称为 Ski Association of Japan。

警方也可能要求新世开发回绝。"

绯田微微露出苦闷的神色,轻叹一口气。"那也没办法。一旦确定风美不能参赛,我就会配合你。"

"真的吗?我们说好了。"

"嗯,我不会在这种事上说谎。"

柚木在塑料盒和绯田之间看来看去,终于点头。"好吧。那我先检测这个。"

"结果什么时候能出来?"

"一般一周左右,我让他们加急处理,三四天吧。结果出来后我通知您。"

"那我等着。再见。"把咖啡钱放在桌上,绯田离开了座位。

柚木重新观察塑料盒里的纸片。血指印什么的,简直太古老了。承诺书是真的吗?如果纯属编造,那这个鉴定又有什么意义?绯田终于同意配合研究,让柚木不禁推测,是不是有什么大事要发生?和巴士事故有关吗?柚木疑惑地歪着头,扣上盒盖。

15

绯田注视着窗外。今天来滑雪的也只有游客,他们把滑雪当成休闲娱乐,滑得兴高采烈。他不禁想起第一次带风美来滑雪场的那天。如果她没有滑雪天赋,或者自己没有发现她的滑雪天赋,也许就不会招致如今的事态。

恐怕柚木已经开始怀疑。过去自己一直那么顽固,拒绝合作,如今态度突然转变,柚木一定会觉得可疑。被怀疑也没办法,无论怎么怀疑,柚木都不会知道真相。绯田暗下决心。骰子已经扔出去,再无退路——绯田对自己说。三四天后就会有答案。当然,他对运动基因并无兴趣,他只想确认血指印的主人是否是风美的亲生母亲。结论应该是肯定的吧。即便如此,还是有必要确认清楚。

他已经做好了思想准备,一旦有了明确的答案,就如实告诉上条。对方会有怎样的反应他不得而知,但无论对方提出什么要求,他都准备答应。即使对方说"把风美还回来",他也不会反对。

问题是,何时才能向风美坦承一切呢?深思熟虑之后,他决定定在这次世界杯结束后。得知真相后,风美想必会受到沉重的打击,弄不好会暂时无法滑雪。绯田希望在那之前能够将她完美的滑行烙在自己的眼底。当然，绯田知道，这样做是多么自私。毕竟对于风美来说，真相远比滑雪重要。

一切都明了时，会受到怎样的谴责呢？只是想想，绯田就害怕得直发抖。然而，与风美所受到的莫大伤害相比，那些根本不值一提，说起来，这本来就是他自作自受。

他挂念着上条的身体状况。新闻报道中说上条昏迷不醒，也不知道现在情况到底如何。

他忽然想起了什么，于是向前台走去。酒店的年轻服务员正闲得无聊，他好像认识绯田，一见绯田走来，马上打起了精神。

"你知道遭遇车祸的客人被送到哪家医院了吗？"

年轻服务员神色紧张，翻找起手边的资料，然后在便笺上写了起来，递给绯田。纸上写着医院名称和电话号码，是札幌一家有名的综合医院。绯田道谢后，收起便笺。

出了酒店，他向停车场走去。他是开自家车来的。停车场里到处都被积雪覆盖。车顶不见积雪，看来昨晚没下雪。最边上停着一辆面包车，当然不是发生车祸的那辆。绯田四下寻找司机，未见其踪影。看来，有人对巴士动手脚并不困难。

他发动引擎，将汽车缓慢地开出了停车场。从这里到医院大约需要两个小时。

他还没想好到了医院后该怎么办。总之，他想先了解一下详细情况。他不能去问别人，因为他没有理由去挂念一个姓上条的人。

要是上条就这么死了——

风美出生的秘密就能继续隐瞒下去。想到这里，绯田使劲摇摇头，告诉自己不可以有这样邪恶的想法。为了隐瞒他们夫妻犯下的罪行，便希望无辜的人死去，简直荒谬至极，何况那个人还是他们所犯罪孽的受害者。

为了赎罪，上条必须得救——绯田决定这样去想。

绯田比预想早三十分钟到达医院。他把车停在停车场，然后从医院正门进去。他来到服务台，向女职员打听："有位遭遇巴士事故的患者应该是被送到了这里，他姓上条，请问病房是……"

"请问您是他的家属吗？"

"不，我是他的朋友。"

"除了家属，这位患者谢绝探视。"女职员表情有些僵硬地回答。

"不能见他也没关系，我只想知道他现在伤势如何。"

"这个……"女职员摇摇头，"只能问主治医生。"

"我只想知道他醒过来没有。"

"对不起，我不能说不负责任的话，请您谅解。"女职员向他鞠躬。

如果是这样，到这里来就没有意义了。绯田正想着，忽然听到有人喊他。"爸爸！"他循声望去，只见风美正一路小跑过来。她身后跟着刑警西岛。

"你怎么来了？"

"爸爸才是呢，你在这儿干什么？"

"啊……呃……我就是想知道出车祸的那个人怎么样了。"绯田压低声音，"或许……他当了你的替身。"

风美眼含悲伤，开口说道："爸爸和我想的一样啊。"

"你也这么想？"

风美点头。"虽然大家都说一切还没弄清楚，没必要这么做，但我还是觉得过意不去。"

"这样啊……"绯田垂下眼帘，发现风美手里拿着探望病人的花。

"就算和恐吓信没关系,那个大叔曾说他是我的粉丝,还跟我握手,所以,我来看他也合情理吧?"

"我们倒是希望你不要做些太引人注意的事情。"西岛插话,"反正上条先生还处于无法探视的状态。"

"还没醒过来吗?"

"如果醒了,在你们探望他之前,我们早已探望过了。"西岛不耐烦地说。

"说不上话也没关系。本来我想,要是不能探视,至少把这个留下。"风美举起花束,里面插着卡片。

"明白了,要珍惜粉丝。"西岛说完,向候诊室走去。

目送刑警的背影离去,风美看着绯田,撇了撇嘴。"放在家里的粉丝来信,我都交给那个刑警了。"

"嗯,高仓教练告诉我了。"

"我觉得我的粉丝不会干那样的事。"风美喃喃道。

这时,一对男女来到服务台。其中看上去年近六十的矮个男子探着身子开口道:"请问上条伸行在这里住院吗?"

听到这话,绯田和风美不禁面面相觑。

"请问您是他的家属吗?"女职员重复刚才的提问。

"这位是上条先生的夫人。"男子用手示意站在身后的女子。

绯田吓了一跳,慌忙看向那名女子。她看上去五十岁左右,正缓缓地抬起头。她鼻梁高挺,五官立体,表情像戴了面具一样僵硬。

服务台的女职员告诉了他们上条伸行的病房号。但即使是家属,也不能立刻探视,她让矮个男子到病房所在楼层的护士站再问问。

"好的,谢谢。"男子回头看向上条夫人,"那我们过去吧。"

夫人颔首移步。

"您好……"风美对着夫人的背影轻喊。走在前面的小个子男子回头,夫人也随之回头。风美向他们的方向迈出一步。"对不起,请问二位是上条先生的家人吧?"

夫人和随行的男子对视,两人都露出诧异的表情。

"您是……"问话的是那名男子。

"啊,不好意思,我叫绯田风美,是新世开发滑雪部成员。我是来这里看望上条先生的。"她递上花束。

也许是因为看到了鲜花,夫人的表情柔和了一些。"你为什么要来探望我先生呢?"她的语气低缓平静。

风美不知如何回答,沉默片刻后再次开口:"因为上条先生曾为我加油鼓劲。那个……巴士事故发生前,上条先生和我说过话,说他一直在支持我,为我加油。"

夫人略微疑惑地歪了歪头。"我先生和你很熟吗?"

"上条先生说他是我的粉丝。"

"哦?"夫人疑惑地看向随行的男子,"这我还是头一次听说。他是滑雪运动员的粉丝?你听说过吗?"

"没有,我也是第一次听说。"男子说道,然后依次看了看风美和绯田,"对不起,你是非常有名的运动员吧?哎呀,我们对这些完全不懂。"

风美连忙摆手。"我根本没有什么名气,今年春天刚刚高中毕业,有名的大型比赛还一场都没参加过呢。所以,上条先生说他是我的粉丝,我很开心。"

"哦。"男子露出困惑的神情,看向夫人,"社长很关注滑雪比赛吗?我觉得他并不太喜欢体育运动啊。"

"这么说,他是为了见这位小姐,才特意来到这里的吗?"

"不，我觉得应该不是。"男子看起来百思不解，"少爷现在还是那种状态，社长再怎么喜欢滑雪，也不会只为了见滑雪运动员一面，特意赶来北海道吧？"

"是啊。"夫人也是一脸困惑的表情。

一旁的绯田听到他们的对话，心绪无法平静。只有他知道上条伸行关心风美的理由。当然，现在不能在这里解释。

这位女士——绯田保持着略微低头的姿势，偷觑着夫人那边。她见到风美，想不到什么吗？听刚才的对话，他们好像连上条来札幌的目的都不知道。难道那枚血指印的主人不是这位女士？不，不可能。据绯田调查，上条并没有离婚。

可以想见，上条的此次行动是保密的。可能他在电视或杂志上看到了风美，怀疑风美是自己被偷走的女儿。当然，他没有确凿的证据。如果在这个阶段就告诉身边的人，必然会造成轰动。万一认错了人，会给很多人造成困扰。于是，他独自来到北海道，想先弄清事实。

但他连妻子都没告诉，不禁令人有些费解。即使不能和别人商量，但至少可以对妻子说吧。一般来说，不应该是他和妻子两个人一起查看绯田风美的影像或照片，确认是否弄错人了吗？另外，到底上条是用什么理由让妻子按下血指印的呢？这也令人不解。

绯田再次看向上条夫人，不管怎么说，十九年前被偷走的孩子就站在自己面前，恐怕她连做梦也没有想到吧。

"打扰了。"绯田开口说道，"我是绯田风美的父亲。二位不知道上条先生来北海道吗？"

夫人点头。"他只给我留了一张纸条，说会有两三天不在家。给他打电话他也不接，也不知道他到哪儿去了，我正在担心呢。北海道的警察给我打来电话的时候,与其说吃惊,我先想到的是他为什么会在北海道。听说出了车祸,我甚至不敢相信那真的是我丈夫。"

"如果您不知道他的去处,确实会如此。"

"也可能他其实没有什么特殊的理由,只是临时起意罢了。最近我家事情比较多,他非常疲惫。"上条夫人神色黯然,随后微笑着看向风美,"虽然不知道他为什么来这里,但他能见到喜欢的滑雪运动员,感到开心,就太好了。而且,你还特意来探望他。"

"这个,能麻烦您交给上条先生吗?"风美再次递上鲜花。

"不知道让不让带进病房,不过谢谢你。"夫人接过花束。

随行男子递上名片。"如果有什么事情,可以给我打电话,也许我可以告知你社长的情况。"名片上印着"小田切龙彦",是社长的秘书。

"祝上条先生早日康复。"风美紧握住名片。

目送二人的身影消失在电梯间,绯田长舒一口气。不知何时,他的腋下已满是冷汗,掌心里也一片濡湿。

"爸爸,我觉得很对不起上条先生,不知道怎么做才好。"风美说。

"你没有必要这么想。"

"可是,凶手的目标是我啊。上条先生只是受我连累罢了。"

"凶手的目标未必就一定是你,即使是你,错也不在你。干坏事的是凶手。"

"这个我知道,可是……"风美垂下了头。

之前离开的西岛大步走近他们。"刚才说话的,是与上条先生有关的人吗?"

"是他的夫人和秘书。"风美回答。

"什么？"西岛用锐利的目光盯着风美，"你没说什么多余的话吧？"

风美瞪了回去。"我没说。"

"那就好。我们回酒店吧。绯田先生，一起坐车回去吗？"

"不用了，我开车来的。我准备直接回家。"

"这样啊，那我先告辞了。"西岛说完便离开了。

风美本来要跟上西岛，又突然停住了。她抬头看着绯田，视线不安地游移。

"不用想太多，你只要考虑自己的事情就可以了。"绯田说。

风美的表情看上去有些茫然，但她立即点点头，去追西岛了。

看着风美的背影，绯田心中涌起强烈的自我厌恶之感。风美现在只是将上条当成粉丝，就有了这样沉重的自责。一旦她知道上条是自己的亲生父亲，那时她心中的伤痛又会有多深呢？

16

　　真麻烦！滑行没多久，伸吾就不快地想。那个高中的滑雪社今天也来训练，一个个正好和他在同一时间段出发。通过昨日下午的训练得知，那群人和伸吾使用的是相同的雪道，而且因为是环形雪道，需要来回地滑，所以伸吾训练时从头到尾都得和他们混在一起滑。想到这里，他便心情郁闷。

　　他向贝冢要求错开训练时间。贝冢毫不理会，说这样反而更好。"你一个人滑多寂寞，热闹些不好吗？有对手才有竞争意识。"

　　"我没把他们当对手，他们估计也一样。"

　　"你单方面把他们当成假想敌好了，而且他们也没忽视你啊，还很关注你。昨天训练结束后，我和他们的顾问聊了几句，顾问惊讶地对我说，没想到新世开发的青少年俱乐部水平这么高。"

　　"无非是些奉承话。"

　　"傻瓜，人家顾问老师才不会说奉承话。别讲歪理了，出发吧！"贝冢拍了下伸吾的屁股，伸吾不情愿地滑出了起点。

　　今天从早晨起就开始下雪，但湿气较重，雪质不算上等。伸吾知道，若滑雪板滑行不畅，肯定容易疲劳。来到这里后，贝冢教给他滑雪板打蜡技术，现在他每天早晨都自己给滑雪板打蜡。按理应该根据当天的状况来选择使用的蜡，但说实话他还没完全掌握，今早也是随便选的蜡。

前后方都没有人，伸吾在空旷的林道中默默前行。这在越野滑雪中很常见，虽然有所有选手一齐出发的项目，但更多的项目是采用选手按照时间差陆续出发的方式。

真是项无聊的运动，伸吾想，怪不得这个项目的选手人数毫无增长。马拉松多热闹！当然，马拉松我也不想跑。他的脑海中响起埃里克·克莱普顿演奏的吉他曲，昨天他听到很晚。虽然他不能像埃里克·克莱普顿那样演奏吉他，但在心里却几乎能完美地再现乐曲。他甚至因无法让别人听到这"演奏"而感到遗憾。

他配合着埃里克·克莱普顿的演奏滑行着，除此之外什么都不想。他告诉自己，度过这无聊的时间就是自己的工作。听从贝冢和柚木的命令，继续把这个什么越野滑雪滑下去，就能保证现在的生活。

昨晚，父亲克哉打来了电话，说在电视上看到了巴士事故，十分担心。

"不用担心我，我又没坐巴士。"

"可酒店里乱成一团了吧？"

"好像是，但和我没关系。他们让我和往常一样训练呢。"

"这样啊。发生了那种事，还是让你训练吗？"父亲的声音低沉起来。

伸吾不禁感到焦躁。"真麻烦！没事我挂了。"说完，他真的挂断了电话。

想起和父亲的对话，伸吾心头又涌起一阵焦躁。为了排解情绪，他不顾步调和节奏，操纵着滑雪杖，蹬着滑雪板，用力往前滑去。

不经意地望向前方时，一个穿着深红色滑雪服的身影蓦然出现。原来自己很快就能追上一个人了，伸吾隐约猜到了这人是谁。应该是藤井，就是昨天上午伸吾丧失斗志躺倒在地时，担心地跟他搭讪的高中滑雪社成员。那时伸吾还不知道对方是谁，在下午训练时，他听见别人都喊那人"藤井"。

并列而行时，伸吾瞥了藤井一眼，只见藤井正咬紧牙关，拼命地操纵滑雪杖。藤井的体力并没到达极限，只是速度提不上来。昨天伸吾就已发现，藤井在滑雪社里好像是滑得最慢的。

似乎察觉到了伸吾的视线，藤井朝伸吾点头致意。伸吾点头回礼，但这么并列滑行总觉得有些尴尬，于是他提高了速度。藤井并没有追上来，二人一下子拉开了距离。

之后，伸吾又超过了几个滑雪社成员。伸吾并没有想要维持高速度，心无旁骛地操纵着滑雪板和滑雪杖，但滑过一圈之后，他已赶超了所有刚才出发的成员。单手拿着秒表守在半路的贝冢看上去很满意。

但是第二圈快滑到一半时，伸吾听见了后面的追赶声。伸吾回过头，只见一名运动员正气势汹汹地向他追近。还是黑泽吗？伸吾想。黑泽是昨天上午赶超了他的那个人。和藤井的情况一样，伸吾从别人口中知道了黑泽的名字。

不久，黑泽追上了伸吾，但并没有特别关注伸吾，刚到伸吾身边就倏地超了过去。黑泽的力量感和其他人完全不同。

被超越后，伸吾稍微加快了速度。他还有一些体力，而且突然有了想试试现在的自己到底能追到哪里的兴致。柚木曾说，伸吾生来就具有与众不同的能力。如果真如柚木所说，一般的对手应该不会让伸吾陷入苦战。

黑泽不仅速度快，步幅也大，而且滑雪技巧出色。这让伸吾觉得自己脚下踩着的滑雪板和人家的完全不是一种东西，虽然名字都叫滑雪板，其实截然不同。

黑泽不时回头，似乎察觉到伸吾正紧随其后，但并未改变速度，仍旧从容地以机械般精准的节奏前进着。不久，黑泽到达上坡处，但仍不见他用力，他只是把滑雪板摆成八字，稳健有力地向上攀登。

伸吾想起昨天的情景。半途中，他感觉将要被赶超，于是竭尽全力摆脱了对方，但等到将要到达坡顶时，他被对方轻巧地超过了。在下坡时，他们的差距拉得更大，而自己竟然摔倒了。

好，伸吾想，今天我们就把昨天的账一起算一算。伸吾紧跟在黑泽身后，以同样的节奏爬坡，但那并非易事。你这家伙都不知疲倦吗——伸吾差点脱口而出，同时，他也惊讶于自己居然能跟上对方的速度。

即将到达坡顶时，黑泽的速度似乎有所下降，应该是累了。也许他想要甩掉伸吾，硬拉速度把自己累着了。机会来了！伸吾想。伸吾从黑泽身后略向左侧移动，猛地加速。此时正好到达了坡顶，伸吾从黑泽身旁超了过去。之后就是下坡了。在用出蹲踞式滑法之前，伸吾瞟了黑泽一眼，心想他肯定很痛苦。

然而黑泽脸上丝毫没有露出疲倦之色，还看着伸吾，意味深长地笑了，那神情好像在说"你先请"。什么呀，这家伙，耍什么帅！伸吾心想，既然这样，干脆就拉开距离给你看看！

然而数秒之后，伸吾的气势就烟消云散了。从后面滑下的黑泽像一阵风一样超过了伸吾，滑雪板上就像安装了引擎。之后是平地，但黑泽的身影已在远方。伸吾拼命地滑，然而直到终点冲刺也没能追上。

　　这个小插曲伸吾没有告诉贝冢。他不想让别人知道自己曾在越野滑雪上与人争锋,哪怕只有一刻。要是因为这件事让贝冢以为自己有了斗志,可太让人窝火了。那只是一时心血来潮,反正必须要滑,不过是试着找点乐子。证据就是,他丝毫不感到懊悔,对黑泽只有佩服,但黑泽他努力就好,和自己无关。

　　贝冢看来对爱徒的成绩很满意,兴奋地说着今后的训练计划。伸吾连一半内容都没听进去。

　　"下午也照这样努力吧!"一个人唠叨完,贝冢轻拍了一下伸吾的后背,走进酒店。

　　伸吾蹲下身子收拾装备,忽然有人站在了他面前。"打扰一下。"对方礼貌地搭话。伸吾抬起头,只见怯生生地站在面前的不是别人,正是藤井。"这里有药房吗?"他指着酒店问。

　　"药房?"伸吾思索了一下,"不知道,应该没有。小卖店倒是有。"

　　"卖肠胃药吗?"

　　"肠胃药……"

　　"我们有个成员突然说肚子疼,可大家带的都是外伤药。"

　　伸吾看向滑雪社成员聚集的地方。一名成员坐在椅子上,顾问正担心地对他说着什么。

　　"肚子疼的话,吃正露丸应该可以吧?"伸吾小声道。

　　"可以。这个有卖吗?"

　　"哦,小卖店不会有卖的。"伸吾站起身,"你跟我来。"

　　伸吾走进烘干室,从架子上拿起背包。总回房间太麻烦,所以他把一些日用品放在了背包里,其中有一整瓶正露丸。他从小肠胃就不好,所以这种药经常备着。他从瓶里倒出十粒左右,用面巾纸包好,递给藤井。"喏,给你。"

藤井很不好意思。"呃……可以吗?"

"没关系,你别客气。我也是高一学生。"

"啊?我们一样啊……"

"是啊,所以你放轻松点。"

"哦。"藤井还没回过神来,看着伸吾。

"怎么了?还有什么事吗?"

"没有了。高一就能滑得这么好,你真厉害。大家也都这么说。"

受到赞许虽然感觉不坏,但伸吾皱起了眉头。"厉害什么呀。你们社里不是有滑得更好的吗?"

"你是指黑泽吧?他比较特殊,经常参加全国比赛。"

"哦……我猜也是。"怪不得比不上人家,伸吾恍然大悟。

"谢谢。"藤井小心翼翼地捧着那团面巾纸,走出了烘干室。

17

造访上条所住的医院两天后,绯田再次来到诺斯普莱德酒店。高仓称有事要谈。虽然高仓说在札幌市内见面也可以,但绯田表示还要顺便处理别的事,坚持要自行前往。其实他没什么事,只是想去看看风美。

途中经过事故现场。前两天这里被封锁,成了单向通行,现在恢复了双向通行,巴士撞到的山体侧面也做了应急处理。

到酒店后,绯田在大厅的茶室等待。身着训练服的高仓出现了,风美在他身旁。

"不好意思,让你特意跑一趟,其实我过去也行的。"高仓好像有些抱歉,冲绯田挥了挥手。

"别在意,我又不忙。要是让滑雪队的教练特意跑一趟,那我才不自在呢。"

"这话听着好刺耳啊。这两三天我都让他们自己练呢。"高仓在对面坐下,风美坐到他旁边。不知为什么,风美的表情看起来很拘谨。

"全队还是暂停训练吗?案件有没有什么进展?"绯田问。

高仓摇了摇头。"我这边没有任何线索。警察把风美的粉丝来信都拿走了,却不告诉我们查到了什么。要是查出案件与风美无关,应该会把信立即返还,但他们好像根本不考虑这些。"

绯田点点头。毕竟警方还是官方。"你想谈的是……"绯田催促道。

"其实,昨天我见了浅尾先生,为了这次世界杯的事。"

浅尾是日本代表队的教练。那么绯田已经能大致猜出今天高仓想和他说的具体内容了。"浅尾先生知道了案件的事?"绯田问。

"知道了。昨天上午有两个道警本部的刑警给他看了恐吓信。想想这也是理所当然,毕竟恐吓信里提到了世界杯。"

信里是这么说的:"将绯田风美从滑雪部成员中除名,不许她参加世界杯及其他一切比赛。"

"据说刑警也问了浅尾先生有没有恐吓信的线索。当然,他回答没有。"

"浅尾先生很头疼吧?"

"嗯。他一个劲儿地追问我到底是怎么回事,可我什么都答不上来。"

"关于世界杯的参赛队员,不知道他是怎么打算的。"

高仓挠挠头,看了一眼旁边的风美。"问题就在这里。浅尾先生的想法是这样的。他想让风美参赛,但他说现在还无法下结论。理想的情况是比赛开始前破案,但估计不会这么顺利。如果案件没有侦破,那么他只好拖到赛前最后一刻决定。"

"如果没破案,也可能到最后再更换队员?"

"就是这个让人伤脑筋。警察让浅尾先生慎重判断,但他似乎不想被恐吓信给吓住。说得极端些,如果之后再有类似的恐吓,难道每次都要妥协？"

"就是说，即使没破案，风美也有可能参赛？"

"我感觉不是没有可能，不过到时候要优先考虑运动员本人的意愿。即使在定下人选后风美突然拒绝参加，也不会受到处罚。"

绯田看向风美。她低着头，双手手指交叉又分开。

"总之，浅尾先生让我确认一下风美的想法。要是风美不想参赛，浅尾先生也就没有必要考虑是否把她放进参赛名单了。"

"确实如此。"

这时，风美忽然抬起了头。"是不是我不参赛更好？干脆拒绝，这样大家都省事。"

高仓皱起眉，摇了摇头。"浅尾先生可不是这个意思，你不要误会。"

"可是……"风美再次垂下了头。

高仓来回看着绯田和风美。"我非常理解你们父女俩想在这次世界杯上放手一搏的心情，所以别轻易拒绝。但我也知道事关人命，如果那起巴士事故真的与恐吓信有关，参赛更是要直面危险。也许你们说我不负责任，但我只是个教练，无法对此事说三道四。应该怎么做，还请你们好好商量后再决定。我和浅尾先生都会尊重你们的决定。"

绯田觉得压在身上的担子更加沉重了。他本已下定决心，要在世界杯后对风美坦白一切，但现在说不定连世界杯都要放弃。他不能强迫风美参赛，正如高仓所说，这关系到她的性命。

"怎么样？"高仓一脸认真地看着绯田。

"我明白了。我能理解你的立场，也非常感谢。我会和风美好好商量后再做决定。最晚什么时候给回复？"

"不着急，你们可以考虑到开赛前。至于如何向媒体公布，SAJ会考虑。"

"那样的话还有点时间。"绯田看了一眼一直低着头的女儿。

"我要说的事情就是这个。还有什么问题吗？"

"没有问题了。你费心了。"

"哪里哪里。我还有事，先告辞了。"高仓站起身，走出茶室。

绯田和风美陷入了沉默。风美眺望着窗外的滑雪场，绯田也向同一方向望去。一对看上去像是夫妇的男女正欢快地从缓坡上滑下。从滑雪服可以看出，他们应该有些年纪了，那是大约十年前流行的款式。

"他们俩简直是在拽着板子滑呢。"

"是啊。"绯田附和道。那两个人明明装备了最新款的卡宾滑雪板，却没有发挥出它的特性。他们的滑雪技术应该还停在年轻时的水平吧。

"可他们看上去很快乐。"风美小声说，"即使离这么远看着，也能感受到他们心意相通。"

绯田看着风美，他不知道女儿想要表达什么。

"什么时候起，我不再像他们一样，纯粹地去享受滑雪了呢？"

"你现在滑雪不快乐了吗？"

风美歪歪脑袋。"也不是不快乐。但是，我好像变得越来越不清楚自己享受的是什么了。是滑雪本身，还是在比赛中获胜呢？"

看着焦躁的女儿，绯田想起了几十年前的自己，他曾有着同样的苦恼，那是争当第一、心怀不甘的人的宿命。"两样都享受。能做到的，才是高手。"

"那我成不了高手了。至少，我参加不了这次的世界杯，因为我根本感受不到快乐。因为我，有人受伤了，而我却若无其事地参加比赛，我做不到。"

绯田陷入了沉默。女儿正从心底里感到烦恼，她在向父亲寻求答案，然而无能的自己给不了她任何合理的建议。

"我……还是去滑一会儿吧……"眺望着滑雪场，风美突然说道，"只有滑雪时可以什么也不用想。"

"那就去吧。世界杯的事，我们再好好考虑。"

风美如释重负地站起来。"爸爸，对不起。"

"为什么道歉？"

"因为我总觉得给你添了麻烦，让你担心了。"

"没那回事，错的并不是你。好了，快去吧！"

风美点点头，离开了茶室。

"错的并不是你。"目送女儿走向电梯间，绯田在心里反复说道：错的，是我。

绯田独自喝着温咖啡。"不好意思……"听到旁边有人打招呼，绯田看了过去，不禁吃了一惊。上条夫人正站在那里。

他慌忙站起来。"啊，前两天谢谢您……"他低头致谢，因为过于惊讶，一时找不出别的话说。

"哪里哪里，我应该向您道谢。现在您方便吗？"

"请坐。"绯田示意她坐到刚才高仓坐过的座位上，"您住在这家酒店吗？"

"是的，我想看看事故发生的地方……而且，我也想知道我丈夫来这里的原因。"

"上条先生现在情况怎么样了？"

面对绯田的问题，夫人表情沉重，侧着头说："还是昏迷不醒，跟他说话也没有反应……医生说只能继续观察。"

看来情况不容乐观。绯田不得不承认，他甚至有点希望上条伸行就此一直昏迷下去。

夫人叹了口气，环顾酒店。"不过，他为什么要到这里来呢？只有滑雪的人才会住在这家酒店吧。"

"仍然没有任何线索吗？"

"没有。说起北海道，我丈夫只是以前高尔夫旅游时来过一次，除此之外，我想不到其他关联。"

夫人看上去并未说谎。前天见到风美时，她也反应平淡。上条伸行果然没有对妻子提及自己来北海道的事。

"前天和您一起来的那位先生呢？"绯田环顾四周。

"昨天我就让小田切先回新潟了，让他去查一查我丈夫来北海道的目的。刚才他联系我，说没有人知道详情，大家都很惊讶，都说儿子处在那种情况下，父亲是不会悠闲地跑去北海道旅游的。"

"上次您也这么说过，请问您儿子出什么事了吗？"

"其实是得病住院了。所以我也不能一直待在这里，正发愁呢。"

"生病了啊，那可太难办了。您儿子多大了？"

"二十四岁。"

"这样啊，那应该已经毕业工作了吧？"

"他毕业后进了我丈夫的公司。不过，他也没正经上过班。"

"这样啊……"二十四岁，那比风美大，是她的哥哥。当然，鉴定结果还没出来。

"所以我只能认为，我丈夫果然还是特意来看您女儿的。"夫人抬眼看向绯田，"看来，他想给您女儿加油是真的。"

"真的？"

夫人打开包，拿出一张纸放到了桌子上，像是从杂志上剪下来的照片。"这是从我丈夫的钱包里找到的，和驾驶证放在一起。"

"这……"绯田拿过那张纸。照片上的人是风美。她身穿滑雪服，对着镜头露出灿烂的笑容。这张照片绯田也见过，是风美在初中比赛中获得冠军后接受采访时拍的，登在了体育杂志上。

"他一直随身携带着这个，我想应该是很忠实的粉丝了。我丈夫对明星艺人没有任何兴趣，所以发现这个的时候，我感到非常意外。"

"是啊。"

"所以我很在意这件事。我丈夫为什么这么欣赏您女儿呢？我觉得他不仅仅是粉丝，就像我刚才说的，毕竟我们的儿子还在和病魔斗争。您有没有什么线索？"

"目前还……"迫切想知道真相的夫人投来期待的目光，绯田下意识地转过了脸。他一边装作在思考，一边努力寻找尽快离开这里的借口。同时，他又有些讨厌这样的自己。"我会让女儿再想想和上条先生还有什么关联。"

"那就拜托了。"夫人低头行礼，把放在桌上的纸收回包里。

看着她的动作，绯田心头涌上两个疑问。

一个疑问是为什么上条伸行会有风美初中时的杂志照片？或许他最近发现了风美，开始收集相关报道。但那本体育杂志是几年前出版的，现在几乎不可能买到。难道风美上初中时，上条就已经知道她了？那么，为什么他没想过要接近她？如今他又为何要现身？绯田偷偷去看垂下眼帘的上条夫人，忽然想起她的名字叫世津子。这是他在长冈市调查时查到的。

至于另一个疑问——

这位女士难道什么都没感受到吗？她在见到风美时，难道没有什么类似直觉的东西一闪而过吗？绯田不相信什么超自然力量，但他总觉得，当亲生骨肉站在面前时，即使近二十年没能见面，也会触发女性特有的直觉。然而，她昨天见到风美，今天看到风美初中的照片时，看上去什么都没有察觉到。

在端详她的过程中，绯田忽然发现，她和风美一点都不像。

18

　　看着数据,柚木不时发出感叹。摆在这里的数据远远超出了他的预想。"太令人惊讶了。"他放下文件夹,摇头说道。

　　坐在对面的贝冢露出从容不迫的笑容,端起咖啡杯。"连你这个一贯对数据要求严格的人也大吃一惊呢。"

　　"坦白说,我没想到会这么好。明明你们到这里也没几天。"

　　贝冢竖起食指。"一个星期,实际上只有一个星期。因为之前都是让他适应滑雪板,真正开始计时是从前天开始的。"

　　"然后就一下子有了这个成绩?不可能。"

　　"那小子根本还没弄清滑雪板的操控方法呢,只是凭力气蛮干,拖着板子跑。损耗大,节奏差,进度分配也一塌糊涂。一般来说,这样到最后会滑都滑不动。但那小子最后还能保持速度,相当厉害。"

　　"毕竟他拥有 B 型基因组合。"柚木的目光再次落到数据上,"血液供氧效率出众,肌肉特性优异,剩下的就是加强训练了,重点放在提高体力、加强技能上。我想,几年后将会诞生一名越野滑雪领域的王者,关键还看他本人的进取心能提升到何种程度。"

"这个嘛，我们的策略进展得很顺利。"贝冢压低声音，"喏，就是那个当地高中滑雪社来训练的事。我听了你的建议，让他们一起训练。"

柚木十分感兴趣，身体不禁前倾。"稍微刺激到他了吗？"

"岂止稍微，他似乎相当在意。虽然他想忽视，但战胜不了本能。这都表现在他的成绩里了。"贝冢指了指文件夹。

"太好了！如果他能借此燃起热情，那就完美了，但这不过是第一阶段，不要急于求成。今后还要拜托。"柚木两手撑着桌子，低头致意，之后迅速环顾四周。这家餐厅位于酒店二楼，餐厅一角用屏风隔出，用作新世开发滑雪部的专用区。

"怎么了？"贝冢问。

"其实，接下来我将和高山滑雪队一起行动。我成了绯田风美的专任宣传员。"

"宣传员？你？为什么？"

对方感到疑惑也在所难免，柚木简略讲述了事情的经过。早晚要告知他这些。

贝冢惊讶的神色中掺杂了几分好奇，可能是因为虽然同属俱乐部，但和高山滑雪队还是有些距离。"居然有这种事！那么，那起巴士事故，风美是袭击目标吗？"

"还不能确定，但警方已在朝那个方向调查了。"

"怪不得刑警在酒店周围转来转去，之前他们还问我看没看到过可疑的人。"

"滑雪部的手机网站上有日程表，警方似乎认为，凶手事先浏览了那个网站，掌握了绯田风美的行程。"

"确实，上面每个人的日程安排都写得非常详细。"

"所以，我会在高山滑雪队工作一段时间，专人专任。你这边就照看不到了。"

贝冢摆摆手。"这边就交给我吧。放心，等你下次来，我会让你看到更优异的成绩。"

"听你这么说，我就放心了。"柚木起身向出口走去，忽然看见旁边的屏风阴影里有个人，不禁吓了一跳。他刚才只顾着说话，并没有注意到。那是个让他感到意外的人。"伸吾……你怎么在这里？"柚木问。

伸吾慢吞吞地站起来。

"啊？"贝冢也吓了一大跳，"你刚才一直待在这里吗？"

"我刚来。"

"你听到我们说什么了吗？"柚木凑近少年，观察他的表情。

"没有。"伸吾摇了摇头，打算离开。

"等一下。"柚木把手搭在他的肩上，"你不是来吃午饭的吗？"

"是……"

"那你吃就好了，用不着跑。"

"我才没跑。"

伸吾不敢与柚木对视。柚木顿时明白了。"你听到了我们刚才的谈话，关于绯田风美的事。"

伸吾不回答，这似乎可以理解为默认。

柚木长出一口气。"还好听到这话的人是你。这对外部的人是绝对保密的。你虽然隶属青少年俱乐部，但也算是公司的一员，你能保守秘密吧？"

伸吾没有回答。

柚木盯着他的侧脸，紧接着问道："没问题吧？"

少年勉强点了点头。

"那就好。你的成绩贝冢教练都告诉我了，很棒啊，以后也照这样继续努力！"柚木朝贝冢挥挥手，向出口走去。就在这时，上衣内侧口袋的手机响了一声，提示有邮件进来了。柚木边走边看，看到发件人，不由得停下脚步。

邮件是研究所的部下发来的，标题是"紧急"。

19

屏幕上图表中的数值很难看清,原来是忘了戴老花镜。在手边找了找,没有找到。到底放哪儿了?想来想去才想起刚才给推到头上了,他赶紧重新戴好。虽然这一幕没人看见,但他仍然脸颊发烫。我也老得开始丢三落四了,绯田不禁笑出声来。

事故发生距今已经过去五天了。绯田回到札幌,照常去健身中心上班,却无法集中精力工作。

上条伸行依旧昏迷不醒。警方的侦查工作进展到何种程度,绯田也不得而知,报纸和新闻表明还没有找到嫌疑人的消息。警方甚至没有公布那起事故可能是人为导致的。正在做不擅长的事务性工作时,手机响了。看到来电显示,绯田十分紧张。电话是柚木打来的。"喂。"说话时,他尽量不表现出任何情绪。

"喂,我是柚木。抱歉打扰您工作了,现在接电话方便吗?"

"短时间可以,怎么了?"

"有件事我想和您好好谈谈。今天可以去拜访您吗?"也许是心理作用,柚木的声音不像平时那么洪亮。

"没问题，大概几点？"

"两点，可以吗？"

时针指向下午一点刚过的位置，看来柚木急切地想见面。回答"可以"后，绯田挂断了电话。他心跳加速，手心开始冒汗。把那份样本交给柚木才过了四天，他说会加急处理，难道结果已经出来了？结果究竟会是怎样的呢？

绯田摇了摇头。慌张并没有用。柚木只是来送应该出来的鉴定结果，自己要做的只是直面事实。事到如今，他已无路可逃。

虽然做好了思想准备，但绯田不得不承认，在他心底隐藏着淡淡的期待。而催生出那份期待的，就是在酒店里和上条夫人的再次相遇。绯田无论如何也不觉得她是风美的母亲。不仅容貌不像，而且无法感受到有血缘的人理应具备的那种共通气场。她真的是风美的母亲吗？这个疑问一直放在他心底的某个角落。他觉得不该心存幻想，但心情又摇摆不定。

绯田盯着墙上的时钟。等柚木过来，答案就会揭晓。他想尽快知道答案，又想晚些知道，眼前时针的转动似乎也乱了节奏。

不到两点，柚木就到了。绯田带柚木去了一楼的接待室。毕竟若是在办公室里，不知道谁会突然进来。虽然他不觉得自己在那种情况下会惊慌失措，但还是要以防万一。

柚木一身西装，显得表情更加严肃了。"突然不请自来，请见谅。"柚木低头致意。

"上次的鉴定结果出来了吗？"绯田直入正题。

"是的，但上次的样本请允许我们再保管一段时间，因为还要做其他检测。"

"好，但我想尽早知道鉴定结果。"

柚木点点头，挺直后背，干咳了一声。"找到了。"他收紧下巴，简短地说。

"找到了什么？"

"F型基因组合。"柚木接着说，"从您提供的样本里，找到了我说过的运动基因。"

绯田做了个深呼吸，提醒自己保持冷静。"是吗？从那枚血指印中找到了你所说的基因？没弄错吧？"

"没弄错，我们确认了好几遍。"

"这些事我不太清楚，我妻子和风美的基因会那么相似吗？"

听到绯田的问题，柚木露出苦笑。"人类的DNA大体相同，可以说，是些微差别才构成了不同的个性，运动基因就是其中之一。您夫人的运动基因和风美的完全一致，如果没有亲子关系，绝不会如此一致，但遗憾的是，风美的基因类型似乎并不是从您这里继承的。"

柚木只讲解了决定体育能力的基因，这对绯田来说似乎难以理解，但其内容里包含了其他重要的含义。当然，柚木没有察觉自己正在告知绯田一个十分重要的事实。

"你好像忘记了本来的目的。"绯田说。

柚木露出费解的表情。

"我委托你的是亲子鉴定。我应该对你说过，请你检测这枚血指印是否真的是我妻子也就是风美的母亲的。查运动基因只是附带。"

柚木严肃的表情消失了，他露出笑容。"您说得是。"

"但听了你的话后我明白了，血指印的主人就是风美的母亲，这么认定没有错吧？"

柚木自信地点头。"完全正确。"

这简短的一句话像铜锣一般敲响在绯田的脑海里。他拼命撑住身体。"那你的计划落空了。"他的声音变得尖利,"看来已经证明,我的滑雪成绩和风美的滑雪能力之间没有任何遗传关系,至少跟那个F型什么的毫不相关。"

柚木不情愿地点了点头。"一直以来,我们只是把您和风美的能力视为基因上的联系,对此,确实有必要重新研讨。"

"那我们就没什么可谈的了。等你拿到了别的王牌,我们再来谈。"绯田起身送客,其实他是想赶紧独自静一静。

"等一下。"

"还有什么事吗?"

"您和风美的课题我会暂且搁置,但不会停止F型基因组合的相关研究。我们深信,它和运动能力息息相关。"

"所以呢?"

"所以我想请您告知一些夫人的情况。您说过她不是滑雪运动员,但这并不能断言她就没有那方面的天赋。"

绯田耸耸肩,面露冷笑。这一半是真的,一半是演出来的。"你要怎么调查已过世的人是否有滑雪天赋?"

"调查方法有很多。要是有学校的体育课成绩,或是进过体育俱乐部什么的,这些都能作为参考。"

柚木的话让绯田抿紧嘴唇,不安在心中蔓延。"体育成绩好的人未必适合滑雪。"

"据我们调查,"柚木表情不变,"跳箱、垫上运动的成绩和F型基因组合有关。总体来说,顶级滑雪运动员都擅长此类竞技。我听说绯田先生您也如此。"

听着柚木一番臻于完美的推理,绯田咬紧嘴唇。柚木好像预测到了他会如何反驳,事先做足了功课。他理解了柚木为何少见地穿着西装来见面,原来柚木此行还有其他目的。

"我妻子没留下学生时代的成绩单。事先声明,来我家调查会给我造成困扰,除此之外,你随便吧,但是绝不能侵犯我和家人的隐私,否则我会抗议到底。"

"您就不能协助我们吗?"

"我拒绝。"绯田摆摆手,站起身离开了接待室,一副即使喊他也不会回头的姿态。可能是预想到了会这样,柚木没有喊他。

绯田走出后门,坐到了长椅上。他仰头呼出一口白气。

果然如此吗?绯田一直期待着那万分之一的可能,心存幻想:一切都是我想错了,几年来的痛苦都是杞人忧天。然而这个幻想完全破灭了。无论是在道德、伦理还是精神上,他都已无路可逃。

20

研究所发来了新的邮件，报告绯田智代和风美在运动基因上除了F型基因组合之外，又发现了几个共同点。柚木大致浏览后，直接跳过中间的内容。即使有共同点，也未必都和运动能力有关。绯田智代和风美是母女，她们有共同点是理所当然的。

柚木回到诺斯普莱德酒店。昨天他前往札幌去见了绯田宏昌。虽然在绯田面前逞强，但实际上柚木非常气馁。绯田风美所拥有的F型基因组合不是来自父亲，而是来自母亲，这完全在预想之外。虽不至于要回到起点，但好不容易找到的突破口再次被堵住了。唉，接下来该怎么办？

柚木站在窗边，向外俯视。从他的房间看不见滑雪场，只能看见酒店停车场。停车场旁边是平坦的林道，现在成了越野滑雪的雪道。此时应该是鸟越伸吾的训练时间。

他对贝冢拿出的数据很满意。如果伸吾能充分发挥天赋，几年后，他将成长为一名顶尖运动员，至少在国内所向披靡不是梦想。但若仅止于此，企业并不会满意。无论取得多少胜利，如果没有宣传效果，企业就不会出钱。宣传效果好的还得是电视，但可以断言，越野滑雪的比赛不可能有直播，想要拿到直播，必须引起电视台的兴趣。捷径只能是奥运会。获得奖牌，引起媒体关注，最后大众的注意力才能转移到体育项目本身。

伸吾有摘下奥运奖牌的潜力，但想达到那个高度，需要时间和金钱。由于经济持续低迷，新世开发正在拼命地节省开支，不知何时才能交出成果的体育部门成为公司削减经费的对象。简单来说，公司未必有足够的耐心等到伸吾获得金牌。

想要保证运动科学研究所的预算，无论如何都得有成果。通过基因类型发掘天才运动员，这种想法在公司高层得到了一定的好评，但如果总是纸上谈兵，那么公司迟早会放弃这个项目。如果能以绯田宏昌和绯田风美这对父女为样本，证明 F 型基因组合的作用，那就能写出极有说服力的论文——虽然知道如此假设也无济于事，柚木却忍不住愈发执着起来。

桌上的手机显示有电话打进来。真是少见，是绯田风美打来的。她几乎从不主动给他打电话。

"警察说，外出的时候一定要给人留口信，不巧现在高仓教练出门了，所以……"她的语气听上去像是迫于无奈。

"你要去哪儿？"柚木问。

"医院。"

"医院？你生病了？"柚木握紧手机。

"不是，是去探望病人。您知道上条先生吗？"

"上条？哦，是他啊。"是那个被牵连进巴士事故的乘客。"他不是还没有恢复意识吗？"

"不知道，所以我想去探望他。"

"去医院就能打听到情况吗?"

"今天上条夫人去探视。我拜托过她探视时通知我。"

"我理解你的心情,但其实你没必要自责。"

"不是自责,只是单纯想去看看他。好了,我想说的就是这个。"

"等一下,你打算一个人去?"

"不可以吗?"

柚木看着手表,该做的工作堆积如山,但应该优先考虑保护绯田风美的安全。"我也一起去。就算你不喜欢,我也得跟着。要是你出事,责任都是我的。"

对方沉默了数秒。风美那嫌弃的表情如在眼前。"我在大厅等您。"风美语气冰冷。

他们决定开滑雪部那辆闲置着的厢式货车去医院。司机自然是柚木,风美一言不发,坐到了后座。

"昨天,我到札幌的健身中心见了绯田先生。"柚木操纵着方向盘说道。

"又是说基因?"

"是的,那是我的本职工作嘛。"

"爸爸答应合作了吗?"

"嗯……怎么说呢,我这边可能要转换方向。"

"转换方向?怎么转?"

"一两句也说不清楚。"柚木说着话,脑子里忽然灵光一闪。平时似乎没有和风美单独交谈的机会,没理由不利用这次机会。"可以问你些问题吗?"

"什么问题?"风美明显戒备起来。

"你不用那么警觉,是你母亲的事情。"

"我妈妈怎么了？"

"我听说你母亲在你很小的时候就去世了，你还记得她是一个怎样的人吗？比如体形、身高……"

"妈妈吗？怎么可能记得。那时我真的很小，还不到两岁，可以说没有任何记忆。"

"两岁也……那是不行。不过，照片你还是见过的吧？"

"见过。但是看照片也看不出什么，而且妈妈也没留下多少照片。"

"你母亲的照片很少吗？"

"嗯。爸爸说，他们俩都不喜欢照相，在结婚前就不怎么照。"

"哦。"柚木的希望落空了。如果留下很多照片，看体形、身高和手脚的平衡性，某种程度上能判断出她是否适合从事体育。"你没听绯田先生说过什么吗？"

"说什么？"

"你母亲的事情啊。不是从他那里也行，从亲戚或者你母亲的朋友那里也可以。你听他们说过什么吗？比如你母亲的爱好、从事过什么运动之类。"

风美陷入沉默。柚木通过后视镜偷偷看她，结果发现对方用诧异的眼神望着他。

"怎么了？"

"为什么突然问起我妈妈的事情？以前您查的不都是我和爸爸之间的联系吗？"

"所以说转换方向嘛。给你提供基因的，可不只是绯田先生一个人啊。"

后座传来一声沉重的叹息。当然，这是故意的。"柚木先生，我过去取得的成绩，您好像非要认为并不是努力的结果，而是将它归功于遗传。"

"我想我曾说过，要是努力必有回报，那百米赛跑的冠军就不会都是黑人运动员了。"

"百米赛跑和滑雪不一样。"

"但它们在竞争身体能力这一点上是相同的。我并不是瞧不起努力，我只是在想，在所有人都付出最大努力的前提下，最后决定胜负的是什么呢？你不会想说是心情或者精神力量吧？"柚木再次通过后视镜看风美。二人视线碰在一起，风美扭过头去。

"很抱歉，"风美说，"妈妈的事情我不记得。爸爸只说她是一个温柔善良的人。我不知道妈妈从事过什么体育运动，您去问爸爸吧。"

风美好像闹起了别扭。柚木微微地耸了耸肩。

到医院后，风美走了进去，似乎对这里十分熟悉。柚木跟在她后面。不久，一位五十岁左右、身穿灰色西装的女士微笑着迎面走来。风美双手放在身前，深深鞠了一躬。柚木连忙模仿她，也低下头。

"谢谢你特意过来，本来和你没什么关系……"那位女士对风美说完后，将视线移向柚木。

柚木递上名片，做了自我介绍。

"我丈夫一头热地做这位小姐的粉丝，让大家担心了。"上条夫人声音消沉地说。

"夫人，您从那以后一直待在这里吗？"风美问。

夫人轻轻摇了摇头。"我回了长冈一趟，因为有很多事情需要处理。可这边的事情我也不放心……"

"上条先生的身体情况怎么样了？他还是……"

"病情比较稳定，但是仍然昏迷，医生也不知道今后会怎样。"

"这样啊，"风美的表情更加阴沉了，"那您实在太辛苦了。"

"我要是能一直留在这里还好,但是还有儿子那边需要照顾,所以很难协调。"

"请问您儿子是……"

"哎,我没说吗?我儿子也生病了,长期住院。"上条夫人简单介绍了独生子的病情。情况极其严重,但她的语气却很平淡,可能是因为已经接受了现实吧。想象一下她迄今为止的苦恼,就连与她毫无关系的柚木都感到心情沉重了。

"您儿子是那种情况,您丈夫又遇到这种事……我……我不知怎么说才好……"风美呻吟般说道。

上条夫人露出笑容,轻轻摆摆手。"千万别在意。你们能来看望我丈夫,我已经很感激了。我真想早点把这些告诉他,他是个幸福的人。"

夫人的话满是温柔,但这温柔反而让风美更加痛苦,她把左手放到了胸前。

那里很痛吧?柚木暗想。

21

绯田待在一个陌生的房间里,这里是摆放着旧家具的公寓的一间。分明陌生的房间,但他却感觉是自己家。

房间里到处都是门。他依次打开,每一扇都与另外一个房间相连,但他怎么也找不到通向外界的门。

他在一扇门前伫立。他知道门外就是阳台。阳台上吊着一具尸体,那情景清晰地浮现在他眼前。那死者就是智代。风吹过,她的尸体随风摇晃。不能让人发现,必须赶紧收拾干净,他焦虑不已。匆忙打开门时,他感觉有人从后面追赶逼近。他知道那是谁,是那位女士——上条夫人。

还给我,请还给我!声音响在耳畔。绯田连回头的勇气都没有,他想逃,他只想打开门出去,但是门怎么也打不开……

身体微微痉挛,绯田醒了过来。他坐在办公室的椅子上,在他眼前,电脑屏保正画着绿色的花纹。点一下鼠标,页面又回到了写作文档,他刚才在写体能测试的通知。

令人不快的汗水流了下来。他呆呆地望着电脑屏幕,回想刚才的噩梦。为什么会做那样的梦呢？不过，这种事倒也没必要深究。就在他无精打采地想要回到工作时，手机响了。来电显示是风美。

"我现在在札幌站，现在去爸爸那里方便吗？"

"没问题。你既然来了，干脆一起吃晚饭吧。"

"对不起，吃不了饭，具体情况见面再说吧。那我现在出发了。"风美自顾自地说完，挂断了电话。

大约二十分钟之后，风美来到了健身中心，拎着一个大旅行包。在办公室刚一见面，她便开口说自己接下来还要去富良野。绯田马上就知道是怎么回事了。

"是要备战世界杯吗？"他问。这次在日本举行的世界杯，赛场在富良野。

"嗯，"风美点点头，"高仓教练说先去看一看。因为那个案子，之前的集训半途而废了。我也觉得如果能在现场滑一滑，就能最后拿定主意。"

"你是说，当你燃起斗志了，就会参加比赛？"

"哎呀，哪有那么夸张！一定要说的话，我想尽可能回应期待。"

"期待……是周围人的期待吗？"

"算是吧。"风美低下头，欲言又止。

绯田凝视着她，胸口一阵热流涌动。他们能以父女关系在一起的时间已经所剩无几了。"先说好，你不用考虑我，而且这次也不是什么最后的机会。最重要的是，你只需要为自己而滑，高仓教练、公司、我，你都没有必要考虑。"

风美抬起头，对父亲微笑。"我就知道爸爸会这么说。我知道，我应该为自己而滑！不过，这一次我的心情稍有不同。"

"有什么不同？"

"一想到那个人,就是上条先生,无论如何我也不想弃权。他曾那么热情地支持我,如果他病情好转、意识恢复,一旦知道我弃权了,一定会失望的。"

绯田张口结舌。听到上条的名字,他就哑口无言了。

"其实,昨天我去医院了。"风美说。

"医院……去探望?"

"虽然我去也无济于事,但我就是无法不声不响地坐着。"

"你一个人去的?"绯田声音嘶哑。

风美摇摇头。"柚木先生和我一起去的。"

"柚木?"想起两天前的事,绯田猛地一怔。

"柚木先生说,这种时候不能让我单独行动。他好像把自己当成了我的保镖。今天因为我要到爸爸这里来,让他别跟着。"

"他没说什么吗?关于他的那个研究。"

"他提到了基因研究,还问了我很多妈妈的事情,问妈妈是不是从事体育运动、是什么样的体形之类的。真奇怪!之前他一直在查我和爸爸之间的联系,现在却想调查妈妈的事。不过,我对妈妈一无所知。我坦率地告诉了他,他好像很失望。"

果然,柚木还想从风美这里打探智代的事。虽然没有必要担心,但绯田仍然无法冷静。智代和风美之间没有血缘关系,这绝不能让柚木探听出来。

"在医院,我见到了上条夫人。"风美说,"不是偶遇,是我拜托过她,希望夫人去探视时通知我。"

绯田又倒吸一口凉气,好像脚下都在摇晃。

"上条夫人还在这边吗?"他故作镇静问道。

"听说她回了新潟一趟,但又不能丢下丈夫不管,又马上回来了。"

太辛苦了。"

听了风美的话，绯田直冒冷汗。风美对此一无所知，完全没有发觉他们谈论的女人对她来说意味着什么。再想到一旦风美知道真相后必然会受到伤害，绯田在怜悯风美的同时，又被罪恶感折磨得喘不过气来。

他决定了，就到世界杯。要是风美打算参赛，那他就保持沉默直到最后，比赛结束后他会尽早告诉她真相。这就是他的行动方针。

"你和上条夫人聊了很久吗？"

"没有，就十分钟左右。我们只是站着聊了聊。"

"是嘛。"

"爸爸，你知道吗？上条家的儿子正病着，所以上条夫人才无法一直待在这边，需要来回奔波。"

"哦，前几天听说了，似乎在住院。"即使谈这个话题，绯田心情也很复杂。那不是别人，是风美的亲哥哥。

"爸爸知道是什么病吗？"风美压低声音。

"不知道，没问那么详细……"

"说是白血病。"

"是吗？"

"好像病情恶化得很快，化疗不太有效。真可怜，听说才二十多岁。唯一有希望的就是骨髓移植了，但还没找到配型合适的人，正发愁呢。上条夫人说，正值这种困难时期，她真不明白上条先生到底为什么要来北海道。"

听到这些话的一瞬间，绯田心中顿时动荡不安。他感觉有什么东西卡在心上，不断地膨胀，但还没有完全成形。

"爸爸！"呼唤声让绯田回过神，风美正诧异地歪头看他。"你怎么了？"

"没什么……她的儿子处于这种状态，丈夫又被牵连进案子里，想必很不容易。"

"是啊。我想帮助她，却什么也做不了。"风美悲伤地低下头。

"我说过好几次了，上条先生遭遇不幸，不是你的错。"

"我知道，但是……"

"你时间来得及吗？"绯田问，其实他是想赶紧一个人冷静一下。

风美看了看手表。"嗯，我马上就走。"她站起身，"对不起，打扰爸爸工作了。"

"没事。刚才我也说了，你只考虑自己就好。参不参加世界杯，这件事我交给你自己决定。但是，绝不可以用敷衍的态度对待比赛。那既是对其他选手的不尊重，也有可能失误受重伤，那些支持你、为你助威的人也不想看到你半途而废的样子。"

"明白！相信我！"风美补上一句"再联系"，随即走向出口。

目送风美走后，绯田急忙返回办公室，坐到电脑前登录网页，输入关键词"白血病"。屏幕上显示出相关信息。绯田读后只感到全身的血液都沸腾起来，而脊背却一阵阵发冷。

果然——

他的眼睛盯住了屏幕上的"骨髓移植"。相关说明紧跟其后，如果是陌生人，那么白细胞的配型成功率在百万分之一到万分之一之间，即使是亲生父母，配型适合的也很罕见，但如果是兄弟姐妹，配型成功率可高达四分之一。

果然是这样，绯田想。

儿子身患重症之时，上条特意赶来北海道的真正理由就在于此。他不只是为见风美，而是觉得风美可能成为骨髓捐献者，抱着一丝期望而来。

绯田想起上条有风美初中时代的剪报,想必上条那时就已发现了风美。虽然发现了,但碍于某些理由,他延后了说出真相的时间。但是,儿子患了白血病,必须找到骨髓捐献者,所以他终于决定和她见面——如此一想,一切都说得通了。上条不对妻子说,可能是怕万一不能证明和绯田风美存在血缘关系,妻子会受到沉重打击。

绯田在电脑前抱住脑袋。

隐瞒风美的出生真相已是罪孽深重,本来在得知真相时就应该报告警方。绯田自觉无论是对上条夫妇还是对风美,他都彻头彻尾是个罪人。正因如此,绯田才决定看到风美在世界杯中的飒爽英姿后就坦白一切。反过来说,他也下定决心,在那之前他只能继续犯罪。

然而,问题不会仅仅因此就能解决。风美的哥哥现在一定正在寻找骨髓捐献者。自己选择继续隐瞒真相,也是对他犯下重罪。

想要看一眼风美驰骋于国际舞台的飒爽英姿,只不过是一厢情愿的自私罢了,绯田想。他不能为此毁掉他人的人生,更不可能为此漠视有可能得救的生命。

绯田关上电脑,站了起来。他忽然感到一阵头晕,摇晃着几乎跌倒。椅子倒地,发出一声巨响。

听到动静,女职员跑了进来。"绯田先生,您没事吧?"女职员上前要来扶他。

绯田点点头,向过来帮助他的女职员微笑。"没事。果然上年纪了,不小心绊了一下。"

"您的脸色不太好。"

"没什么,真的没事,谢谢。"

女职员还是满脸担心。

绯田转身走出去,脚下发软,像踩在云上。再无办法,他想,过去一直逃避的惩罚终于要降临了。

22

正在外面做拉伸时，伸吾听到有人跟他打招呼。只见藤井站在那里，身后还站着一个穿相同颜色滑雪服的男生，个子比藤井高，身材瘦长。

"嗨。"伸吾回应，"今天有什么事吗？"

"啊……之前你送给我正露丸，来向你道谢。"藤井回头往后看，后面的男生好像就是前两天腹痛的人。

"那个不用在意。"

"不，顾问老师也让我们好好向你道谢。"说完藤井努努下巴，像在催促同学似的。

高个子男生上前一步。"非常感谢你的帮助。"他礼貌地鞠躬。

"不客气。"伸吾也低头行礼，感觉很不自在。

高个子男生快步跑开了，藤井留在原地。藤井看着伸吾的滑雪板，发出一声惊呼。"这是最新款啊，真棒！"

"是吗？我不太了解，他们只告诉我用这个。"

"没花钱就得到了滑雪板吗？"藤井瞪圆了眼睛。

"不是给我的,只是借给我而已。"

"就算是借也很棒啊。"藤井仍旧目不转睛地盯着滑雪板。

"那你加入我们吧,我去和教练说。"

藤井耸耸肩。"不可能,你们俱乐部是星探制。我们顾问老师已经从你们教练那儿听说了。"

"星探制?"伸吾纳闷。不过,自己的确是被挖过来的。

"有天赋真好,好羡慕啊!"

确实,你没什么天赋——伸吾在心里低喃。总是倒数第一,居然还不厌烦,滑的时候反而很快乐。居然能如此喜欢这项运动,藤井才更让人羡慕吧。

"啊,警车又来了。"藤井将视线移向停车场。

"还是为了上次的巴士事故吧。"

"那只是普通的交通事故吧?不知警察怎么还在这里转来转去。"藤井似乎不太理解。

伸吾回忆起自己在餐厅听到的柚木和贝冢的谈话。其实真正目标是绯田风美,是真的吗?"警察就是太闲了。"伸吾说。

"哈哈,也许是。"藤井附和。

"藤井!"这时,一声呼唤传来。只见一个大块头队员正看向这边,是黑泽。"你干什么呢?训练马上开始了!"

"来啦,对不起!"

藤井伸吾说了声"再见",跑了过去。伸吾望着藤井的背影,视线和黑泽的碰在了一起。黑泽的眼神很锐利,伸吾以为他会抱怨自己两句,但他利索地转身,回到了同伴中。

不一会儿,贝冢走了过来。和往常一样,训练开始了。今天依旧面临和藤井、黑泽他们一起滑雪的窘况。

放空大脑，伸吾只是机械地做动作，上坡时就默默攀爬，下坡时就弯腰借重力滑下。伸吾感受不到任何快乐，只有痛苦，但现在他只能这么做。只要按照贝冢和柚木的指示去做，成绩比昨天稍微提高一点，大家就能平安无事地度过这一天，不给任何人添麻烦。

和前几天一样，伸吾超过了好几名运动员，其中当然也包括藤井。今天伸吾甚至没和他并排滑，几乎瞬间就超过了他。即使这样，他仍听见藤井痛苦地喊了一声"太厉害了"。

途中，伸吾发现黑泽从后追赶上来。伸吾出发时黑泽还留在原地，恐怕他晚了片刻才出发，不知道是不是故意的。

贝冢在半途等他，令人吃惊的是滑雪社的顾问老师也在。两个人谈笑风生地看着伸吾。不，恐怕他们在把他和从后追赶的黑泽做比较。

"从那里开始动作幅度大一点！对，就是这种节奏！"贝冢出声鼓励他，表情似乎很满意，看来成绩比昨天好。

不久，伸吾被黑泽赶超了。伸吾也明白，对方姿势稳定，丝毫没有多余动作，力量直接作用在雪面上。与他相比，伸吾觉得自己滑得简直乱七八糟。即使这样，伸吾也拼命地在后追赶。他竭尽全力，不让对方拉开距离。

显然，黑泽也很在意伸吾，偶尔会向伸吾投去视线。

最难的上坡快到了。黑泽又看向伸吾，眼神像在示意：来吧！从这里开始才是真正的较量！

我可比不过你。伸吾一边想一边用滑雪板猛蹬雪面。他呼吸困难，心脏怦怦乱跳，全身的肌肉已不再受大脑控制，但他还是拼命跟上去。黑泽好像经常参加全国比赛，和他这样的选手你追我赶、互相比拼，伸吾的未来也是一片光明。

可是——我期望那样的未来吗？我是真心想做一名越野滑雪运动员，参加奥运会吗？那样我和爸爸就会变得幸福吗？

他的双腿骤然变得很沉，胳膊也动不了了。

黑泽的背影越来越小。坡道还在继续，伸吾的动作越来越迟钝，终于停了下来。他大口呼吸着，喉咙发出痛苦的声响。

阴沉的天空落下白雪。伸吾再次开始攀爬，但他已滑不出刚才的速度，步调就像老人在艰难地爬楼梯。他能感觉到后面的其他运动员渐渐追上了他。

23

绯田把车停进诺斯普莱德酒店的停车场时，越野滑雪的运动员正好经过他旁边，是某所高中的滑雪社成员。绯田知道，那所高中在北欧式滑雪项目上是北海道屈指可数的强校。

下了车，绯田向酒店的正门走去，心里还有些犹豫不决。他一步一步用力走着，似乎想借此碾碎那些犹豫。

听风美说上条世津子在医院之后，绯田询问了这家酒店。果不其然，这次她也住在这里。绯田没有问具体情况，但恐怕住宿费用是由酒店承担。即使巴士事故可能是人为策划的，但毕竟是酒店管理的区间巴士出了事故，酒店这么做也理所应当。

昨晚绯田一夜没睡。他一直在烦恼，考虑自己应该怎么做、怎么做对风美才是最好的、怎么行动才能赎罪。

不管编出多么利己的逻辑，最后也只能得出一个结论：不管失去什么，都必须尽快把事实告诉上条夫人和风美。想亲眼看到风美鏖战世界杯？现在不是怀有这种天真想法的时候。人命关天，坦白才是理所当然的选择，但绯田不得不承认自己一直在逃避这个结论。

问题是，怎么向上条世津子坦白呢？

在新潟住院的儿子、仍昏迷不醒的丈夫——上条世津子满脑子应该都是这些。这时如果告诉她十九年前女儿被偷走一事，她肯定会陷入混乱。但事到如今已不能再犹豫了。一旦绯田坦白，上条世津子就能知道上条来北海道的原因，也能得到挽救独生子性命的途径。当然，绯田也有思想准备，自己将因此受到惩罚，被人蔑视和痛骂，但更让他想想就感到心痛的是这必然会深深伤害风美。对他来说，风美是最重要的，是发生任何灾难也要豁出生命去保护的人，但最后却是他自己带给她巨大的痛苦。在某种意义上，这或许是对他最大的惩罚。正因如此，他认为自己必须接受。

穿过酒店正门，绯田走向前台，那里站着绯田熟识的酒店服务员。看到绯田，他点了点头。

"上条夫人住在这儿吧？我想联系她。"

年轻服务员扬起眉毛，右手指向远处。"上条夫人刚才和其他客人去茶室了。"

"其他客人是……"

"那就不清楚了。"服务员满脸笑容地歪了歪头。

绯田道谢后向茶室走去。走进茶室，绯田一眼便看到了上条世津子的背影。她坐在一张四人桌前，坐在她旁边的像是小田切。两个男人坐在她对面，绯田并没有见过他们。绯田在上条世津子身后的座位坐下，叫来服务员，低声点了杯咖啡。此时他不想让上条世津子发现他在这里。

"我都说好几次了，我们只能在旁边全程守护，至于他什么时候能回到公司，这是能说得准的吗？"是上条世津子在说话。和迄今为止的印象不同，她显得有些焦躁。

"我们理解，但问题是如何向股东解释。如有万一，下任社长由谁来做？至少要早点确定下来啊。"坐在她正对面的男人说。

"下任社长我丈夫会指定。"

"我们知道，但从目前的情况来看，这是无法实现的。"

"你们就这么肯定我丈夫救不回来？"

"不，绝不是那个意思……"

"医生都说得救的概率是百分之五十。大脑中的瘀血已经清理出来，剩下的就是等待神经功能恢复了。你们也再等等如何？"

"我们也很想等，但时间不允许啊。"

"你们的工作不就是想方设法解决问题吗？有工夫来劝我，还不如先去做其他应该做的事。"

面对她气势汹汹的责问，男人们沉默了。过了一会儿，一个人开口说道："回公司后，我会和其他董事商量。但是，如果一周内不定下方针对策，情况就有些麻烦了。"

上条世津子沉默不语。虽然不了解情况，但绯田能感到她的处境应该非常窘迫。坐在她对面的两个人告辞后起身离开了。之后她对小田切耳语了几句，小田切也离开了。叹息声传到绯田的耳朵里，听上去她已身心俱疲。

踌躇的心情再次涌了上来，他深呼吸之后，对着上条世津子的背影打了声招呼："打扰一下。"

上条世津子抬起脸回头，看见绯田，表情顿时柔和起来。"是绯田先生啊，您还住在这家酒店吗？"

"不，不住了。"绯田舔舔嘴唇，"请问您现在方便吗？"

"嗯，方便。"

"我能坐到那边吗？"

"请。"她冲他微微一笑。

换了座位后,绯田干咳了一声。他无法直视上条世津子。"听说前两天我女儿到医院去打扰您了。"

"她之前跟我说,希望我去医院的时候通知她,所以我就联系了她,没想到她真的来了。您女儿真是个善良的女孩,明明事故与她无关,但是她却那么热心地来探望我丈夫,我十分过意不去。她正在备战比赛,应该非常忙碌,我也跟她说了,让她不要再牵挂这些事,但她……"

"这孩子好像觉得上条先生是为了见她才来札幌的,然后出了车祸,所以她认为不能置身事外。您就随她去吧。"

"我们这边当然不会介意。"上条世津子目光低垂。

绯田喝了口杯中的水,他觉得很渴。"听我女儿说,您儿子生病了。您很不容易吧?"

上条世津子难为情地伸手捂住了脸。"我得反省,说了多余的话。听起来像发牢骚吧?真抱歉。"

"没有,我女儿没那么说。她对我说,希望能够帮助您。"

"是吗?连我儿子的事她都这么担心,真是太感谢了。"

"那个……"绯田说,"这也是听我女儿说的,听说您正在考虑骨髓移植?"

上条世津子点点头,露出苦恼的表情。"医生说,这是剩下的唯一办法了,但是怎么也找不到配型合适的人,登记在册的捐献者本来数量就极少。"

"听说兄弟姐妹配型成功的概率比较高,您还有其他孩子吗?"

她摇了摇头。"只有一个,从前倒是想多要一个。"她又垂下了视线。

绯田感到胸口一阵剧痛,心脏像被揪住了一般。此刻,她肯定是想起了十九年前生下的女儿。迄今为止她应该已想过好多次:如果那时孩子没有被偷走,也许病床上的儿子就能得救。她也一次又一次地告诉自己,想这些有什么用?

如果我告诉她真相,她会有何反应呢?也许她不会轻易相信,甚至会发怒,说那是差劲的玩笑,但只要我认真地向她解释,她总会发觉那是真的,到时候她究竟会……不,不要想那些多余的事,绯田想。上条世津子感到慌乱是理所当然的,说不定她会当场报警。但即使那样,自己也只能保持沉默,继续低头致歉。

"其实……"绯田正要开口,上条世津子说道:"父母和孩子之间真不可思议。"

"什么?"

"我说的是骨髓移植。如果是兄弟姐妹,配型成功的概率为百分之二十五;但如果是亲子关系,却几乎不能抱什么希望。我和丈夫都接受了检测,配型都不合适。亲子关系是一亲等,兄弟姐妹是二亲等,对吧?明明是亲子关系血缘更近,可实际上却是兄弟姐妹更亲近。"

"您说的这些,我也听说过。"绯田想,必须赶紧把重要的事说出来,但听了她的话,他再一次感到犹豫。

"我们家就算是血型,父母和孩子也各不相同。"上条世津子露出自虐式的微笑。

"是吗?"

"我丈夫是 O 型,我是 AB 型,儿子是 A 型。不过即使血型不同,只要白细胞的配型合适,也可能进行骨髓移植。"

绯田点点头,又喝下一口水。他想,必须尽快告诉她十九年前被抱走的婴儿在哪里,告诉她那被白血病折磨的儿子还有救。绯田深吸一口气，正要开口，脑中浮现出一个小小的疑问。那疑问瞬间膨胀，旋即成为一股冲击，震荡着他的心。

上条世津子侧头疑惑地看他。"您怎么了？"

"不，那个……"绯田感到脸颊发热，"您的血型是 AB 型吗？"

"是的，怎么了？"

"没什么，我只是觉得您看上去不像。"

她感到意外似的眨眨眼。"您还相信血型决定性格？"

"不，不是。"绯田快速跳动的心脏怎么也平息不下来，他拿起杯子，但杯里已经滴水不剩。"那个……希望父子二人早日康复。今天我想说的就是这些。"他觉得自己的表情都变得僵硬，话也说不利索了。

"谢谢您，也请您向您女儿转达我的谢意。"上条世津子恭敬地低头致谢。

绯田起身回礼，走出几步后才想起没拿账单，又折回座位，但是他已经无法再面对上条世津子了。

血型是 AB 型——

绯田当然知道风美的血型是 O 型，他还知道，血型为 AB 型的父母绝不会生出 O 型的孩子。

24

来采访的女子曾是体操运动员，出战过奥运会，但成绩平平。不过，身为运动员，她很有魅力，颇受电视台器重。虽说如此，她的名气还没大到能出现在黄金时段的节目，主要担任深夜体育节目的采访记者。

柚木拼命忍住哈欠。采访的主题是"当今最出色的美女运动员"，但不出所料，电视台工作人员对滑雪竞技一无所知，那个前体操运动员总想把话题和体操联系在一起。但是滑雪运动是一项与大自然做斗争的运动，它的艰苦残酷与诸多不合常理的地方决定了并不能简单地将它与其他运动相比较。

摄影定在富良野的一家酒店。对方希望尽量在光线条件好的时段拍摄，所以采访从下午三点开始。风美仍身穿滑雪服，直到刚才她都还在训练。

采访始终都没对准焦点，但电视台的人好像很满意。柚木说完一番犒劳的话后，走近看起来有些厌烦的风美。

"辛苦了，表现得很棒。"

"是吗?"风美情绪低落地回答。

"要是再亲切一些,效果会更好。"

"抱歉,我就长这样。"

"我说的是表情。你不想让高山滑雪变成一项受欢迎的运动吗?只要出现偶像,无论什么运动都会受到关注,像冰壶、乒乓球,全都如此。"

"不巧,我的性格不适合。"

道声辛苦后,风美走出了房间。柚木目送她的背影,耸了耸肩。他真想回敬说,不巧,我的性格也不适合做经纪人。

坦率地说,他讨厌做绯田风美的宣传员。为了让绯田父女答应配合基因研究,他勉强接受了这种安排,但关键的基因类型不是来自绯田宏昌,而是风美的母亲。如果是这样,他觉得再把他们父女二人配套考虑已经没有意义了。如果那位母亲还活着则另当别论,但是她在十几年前就去世了。另外,柚木还惦记着其他事情:贝冢联系他,说鸟越伸吾的情形不大对劲。

"或许是情绪不稳定吧。有时他正流畅地滑着,忽然速度就降下来。我问他是不是有什么意见,他又说没有,只是说状态不好。"贝冢打电话过来时,好像打心底感到为难。

"每天从早练到晚,他是不是积累了太多负面情绪啊?让他转换一下心情如何?他喜欢音乐,给他放半天假,让他尽情地听一听CD吧。"

"你说的这些我也考虑了,别说半天,我说过给他放一整天假,让他玩个尽兴。可是那小子说没必要那样,训练不用停。"

"咦?他是燃起干劲了?"

"你也应该清楚,那是不可能的。很明显,他有压力。我想我们应该认真谈一谈今后的方针。"

"对不起,目前我离不开这边,姑且按照最初的计划继续训练吧。当然,你可以酌情调整。"

"好吧,但你不要轻视这件事,金蛋比普通的蛋更容易碎。"贝冢的语气自始至终都非常严肃。

不用贝冢提醒,柚木也知道指导处于青春期的运动员有多难。特别是鸟越伸吾,他不是主动开始越野滑雪的,更多的是因为不得不做。听伸吾的父亲克哉说,伸吾本想当吉他手。柚木原来考虑,如果伸吾能专心致志从事越野滑雪,可以让他学吉他,但和贝冢商量后最终放弃了。显然,伸吾会被吉他夺走全部精力,更重要的是,人没有了饥饿感就不会成长。

柚木想去看看伸吾的情况,可又不能离开这里。他想向小谷申请不再做风美的宣传员。正想着,手机响了,是小谷打来的。

"太好了,我正想联系您呢。"

"是富良野出什么事了吗?"

"没出什么事,所以我想我没必要再待在这儿了吧?我还有 F 型基因组合的研究要做。"

"发现绯田父女的滑雪能力和基因组合无关,你就失去兴趣了,是吗?"

"倒也不是……"

"我知道你心里在想什么,但事情还没有结束,你还不能撒手不管。事实上,发生了一件古怪的事。"

"古怪的事?"

"总之,你先来札幌一趟,我刚到。"

"部长,您在札幌?到底发生什么事了?"

"电话里不好说。绯田风美那边有什么安排吗？"

"今天的训练和采访都结束了，需要我带她去吗？"

小谷沉默了片刻，说道："算了，不用。我先只对你说吧。对不对她本人说，回头再议。"

"绯田先生也和您在一起吗？"

"你说她父亲？不，不在一起。和他工作的地方联系过，结果他行踪不明，说是请了长假。"

"请长假？在这个时候，他去哪儿了？"

"不知道。你先尽快过来吧，从你那边过来费时间。"

"好。"柚木说完，挂断了电话。

准备好后，他乘出租车直奔旭川站，从那里搭乘火车。即使坐特快，到札幌也需要将近一个半小时。

火车摇摇晃晃，太阳落山了。从车窗望出去，只见白雪皑皑，天黑之后连雪景也看不见了。

到达札幌站后，柚木联系了小谷。小谷住在车站附近的商务酒店，柚木决定步行前往。一出车站，他不由得缩成一团。虽说这里也是北国，但和滑雪场相比，气温应该高些，可柚木总觉得城市中更冷，也许是因为办公大楼林立的光景和气温之间存在着落差。到酒店后，柚木直接走向小谷的房间。既然小谷不想让别人听到，看来事情很棘手。

"不好意思，突然把你叫来。"小谷一边迎柚木进屋，一边说道。床上扔着他厚厚的防寒服。

二人隔着一张小桌相对而坐。

"到底发生了什么事？"

"在电话里我也说了，事情变得麻烦起来了。其实我到了这里后，马上就去了一趟道警本部。"

"道警本部?"

小谷拿出一张纸。"你看这个。"

那上面是打印机打出来的文字,内容如下:

致新世开发滑雪部:

　　将绯田风美从滑雪部成员中除名,不许她参加世界杯及其他一切比赛。

　　如不答应此要求,绯田风美将会有危险。

　　　　　　　　　　　　　　　一个有良知的支持者

"这不是那封恐吓信吗?又寄过来了?"柚木问。

小谷摇摇头。"不,其实这封信是在一个意想不到的地方发现的。"

"什么地方?"

小谷郑重其事地盯着柚木,开口道:"上条伸行的电脑里。"

"就是那个乘坐车祸巴士的乘客?"

小谷点点头。"是的,我听到时也非常惊讶。"

"到底是怎么回事?"

"不知道,是上条夫人在用家中的电脑时偶然发现的。由于内容过于危险,她本想隐瞒,但看到出现了'新世开发''绯田风美'这些与案件有关的词后,决定通知警方。北海道警方也十分慌乱,可能他们做梦也没有想到事情会有这样的发展。"

"警方联系东京的公司总部了吗?"

"今天白天打去了电话,所以我才来了札幌。上条家的电脑里还保存着到目前为止我们所收到的其他恐吓信的内容。"

"请等一下,就是说,寄来那封恐吓信的人是上条伸行?"

"只能这么想吧。警方和上条夫人确认过,接触那台电脑的只有上条家的人,他家的儿子长期住院,而上条夫人好久没有碰那台电脑了。"

柚木挠了挠头,明白了小谷说"事情变得麻烦起来了"的意思。"要是这样,那起巴士事故又要怎么看呢?"

"警方也正在发愁。之前他们认为是写恐吓信的人干的,并且这一想法占主导,现在等于是从根本上推翻了这种想法。"

"就是说,恐吓信和巴士事故无关?"

"不,警方应该不打算如此断定。写恐吓信的人被偶然牵涉进其他案子,这不别扭吗?"

"那是上条自己制造了巴士事故吗?"

听了柚木的话,小谷轻轻点头。"警方好像在考虑这种可能性,这是最合乎逻辑的。"

"他为什么要那么做?"

"问题就在这里。确实合乎逻辑,但不清楚他那么做的理由。如果他是一个典型的跟踪狂,对绯田风美的狂热迷恋不断高涨,最后转化为不可理喻的行动——可以这么推理,但是无论怎么想,上条伸行都不是这种人,他可是新潟相当有名的建筑公司的社长。"

"真令人费解。"

"总之,警方好像想先调查上条寄恐吓信的理由。本来一直以为他只是受害者,却突然变成掌握破案关键的人,所以警方正忙得晕头转向。"

"部长,警方也询问过您了吗?"

"嗯,问我知不知道上条伸行和绯田风美以及 KM 建设和新世开发有没有关系。"

"KM 建设？"

"上条伸行经营的公司。我们公司主要经营房地产，所以警方认为或许与 KM 建设有联系。我只能回答说，上条是绯田风美的粉丝，除此之外我什么都不知道。"

如果问我，我的回答也一样，柚木想。"警方也想询问绯田风美吧？"

小谷苦着脸。"他们说明天派刑警到富良野去，但绯田她也什么都不知道吧？"

"嗯，那我今晚就赶回富良野吧。"

绯田风美一心认为上条伸行是支持自己的粉丝，对于把他牵连进案件之中感到强烈的自责。如果她得知写恐吓信的人就是上条，又会是怎样的感受呢？一想到必须把这件事告诉她，柚木的心情就变得非常沉重。

"不，明天一早我去富良野。"小谷说，"另有事安排你做。"

"什么事？"

"关于恐吓信，我想派你直接去询问上条夫人。目前我们获得的信息都是警方提供的。这不是我个人的判断，而是上面下的命令。"

"为什么是我去？"

"从一开始就了解恐吓信情况的只有我和你，而且运动基因的研究不是已处于中断状态了吗？所以，现在请你做好绯田风美宣传员的工作。"

"这算宣传活动？"

"当然算。如果恐吓信的事不慎泄露给媒体，绯田风美的形象必将受到损害。为避免这种情况发生，必须尽早拿到准确的信息，对不对？"

　　这家伙果然能说会道，柚木深感佩服。不过小谷所说确实合乎道理，警方未必会提供所有的信息。"明白了，既然这样，我服从安排。但上条夫人能毫无隐瞒地告诉我们吗？"

　　"恐吓信一事我们是受害者，只要你利用好这一立场，我想应该不难。别担心，我已经通知对方我们会派人过去。"

　　看来一切准备都已经做好。柚木叹了口气。"新潟，对吧？具体在新潟什么地方？"

　　"长冈市，我已问好了地址。"说着，小谷递出便笺。

25

"喂，怎么啦？脚没动！用力蹬，蹬雪！每一步都要滑好！"贝冢将戴着手套的双手拢在嘴边，做成喇叭状喊道。伸吾已经疲惫不堪。本想在滑过教练眼前时加速，但力气跟不上来。

我到底要训练到什么时候？训练了又能如何？除此之外我不是还有更想做的事吗？这些想法与其说是杂念，不如说是明确的疑问，它们一直霸占着他的心，将他的力气夺走。今天也和高中滑雪社成员使用同一条雪道，藤井和黑泽都在。伸吾从心底羡慕他们，因为他们在做自己想做的事，从未迷惘过为何而做。

终点似乎比往常更远了。滑完之后，伸吾倒在了雪上，他的心脏和肺并不难受，但全身发沉。

贝冢走近他，表情很郁闷。伸吾的成绩不理想，贝冢郁闷也理所当然。"喂，伸吾，你不在状态，明天休息吧。"

"没那回事。"

"别逞强了，瞒不过我的。明天休息，我们去札幌看电影，转换心情。"

"电影？和教练看？"伸吾觉得实在诡异，不禁笑了。

贝冢噘起嘴。"那就在市内逛逛。你是第一次来北海道吧？应该观光一下，晚上带你吃好吃的。"

"好啊，不过，可以问个问题吗？"

"问什么？"

"那起案件后来怎么样了？"

贝冢的脸色倏地变了，他看看周围，弯下腰严厉地注视着伸吾。"那件事你没对别人说过吧？"

"我也没有可以说的对象啊。"

"那就好，你要注意，因为不知道消息会从什么地方泄露出去。"

"我对谁都没说。不过，后来怎样了？教练也不知道吗？"

"我这边没得到任何消息。绯田风美他们已经去了富良野，目前没听说有事发生。怎么，你很关注这起案件？"

"绯田也算是俱乐部的学姐……"伸吾开始支支吾吾。

贝冢紧盯着伸吾，像要试探什么。伸吾后悔不该问这些多余的，贝冢教练又不可能知道案件进展。

"总之，明天的训练暂停，至于怎么过，今天晚上我们想一想。回去之前，别忘了好好做拉伸。"说完，贝冢起身回酒店去了。

伸吾默默地收拾装备。他感到旁边有人站着，抬头一看，竟然是黑泽。黑泽穿着平时那套滑雪服，两人相对，他看上去比滑雪时更加高大。

因为想不出打招呼的话，伸吾只轻轻点了点头。

"你怎么了？"黑泽问，他的嗓音很粗。

"您指的是……"对方比自己年纪大，所以他使用了敬语。

"你最近滑得乱七八糟，是身体状态不好吗？"

"没有，没那回事。"

"我最开始看见你的时候有点吃惊，没想到东京来的人会滑得这么好，而且你才一年级吧？"

"哪里哪里，那个……"伸吾指向黑泽胸口，"您不是比我快得多吗？"

"当然了，你以为我是谁？"黑泽气呼呼地瞪着他。

伸吾忍住了想说"懒得理你"的冲动。

"不过，有时我俩是不是也算棋逢对手？上坡时，没几个人能像你一样，跟我跟得那么紧，我觉得你很了不起，就盼着和你比试呢。"

是吗？伸吾感到意外。他没有这种意识。对他来说，对方是比不过的对手，早就放弃了与之较量的念头。

"可你最近毫无斗志，所以我就想看看你怎么了。不是受伤就好，你快点恢复状态，不然我很无聊啊！"

伸吾无法回答，只是含糊地点了点头。"藤井他怎么样？"

"藤井？哦，对，你和他走得近。藤井嘛，他就保持住，以他的速度去滑就可以了。"

伸吾不明白黑泽的意思，没有出声。

黑泽继续道："他的心脏不好，先天的，所以他只要能滑雪就已经很了不起了。我们的十公里对于那家伙来说就是一百公里啊。"

伸吾胸口一阵刺痛。他想起了藤井滑行时难受的表情。被大家接连赶超，他会想些什么呢？

"所以，我们都是幸运的！身体健康，又有天赋，所以必须要心怀感谢啊。"黑泽轻拍伸吾肩膀，右转向着同伴的方向大步走去。

感谢？感谢谁？凝望着黑泽的背影，伸吾在心中喃喃自语。

26

　　柚木从机场搭出租车到新潟站，再换乘上越新干线到长冈站。出长冈站时，他看了看手表，刚过下午五点。离开札幌是下午一点半左右，所以是耗时约三个半小时。柚木觉得比想象的要快，怪不得上条夫人经常往返。

　　在站前搭乘出租车前往目的地，不过是个起步价的距离。柚木抽出装在上衣口袋里的传真纸，上面简单画着从车站到上条家的路线图。图不是手绘的，似乎很早以前就已准备好。既然是当地知名企业创始人的住宅，平时应该会有很多访客。

　　柚木望向窗外，路面积雪融化，闪闪发亮，道路两旁到处堆着雪堆。北国景色果然哪里都一样。

　　"就在这附近。"司机说着，减缓了车速。

　　柚木环视四周，邮局映入眼帘。这是地图上的一个标记。

　　"就停在这儿吧。"柚木说。他下了出租车，按照地图拐进旁边的岔道。从这里走应该马上就能到。

　　这是一栋贴着浅黄色瓷砖的西式住宅，建筑相当新，门上挂着写有"上条"的门牌。柚木十分意外,他原以为会是古老的日式房屋。或许上条家认为,保持宅院宛如新建对自家公司也是很好的宣传。

他按下了门柱上的对讲机键,不一会儿,传来一声"喂",是女声。

"我是新世开发的柚木。"

"好的。"对讲机被挂断了。

柚木在原地等待着,透过大门,能看见另一道大门打开,上条夫人出现了,只见她穿着毛衣和长裤。前几天和绯田风美去探望上条伸行时,柚木曾和上条夫人在医院见过。小谷告诉过他,她的名字叫世津子。

上条夫人点了点头,邀请他入内。

柚木穿过大门,来到玄关处。"突然提出这样无理的请求,实在抱歉。"柚木低头鞠躬。

按照小谷的指示,他在今天早上给上条家打了电话,说"想问问详细情况,能不能过府拜访"。果然如小谷所说,已经跟对方打过招呼,上条世津子没有拒绝,电话里反倒能听出来她颇为惶恐。

"远道而来辛苦了,请进。"

"打扰了。"

柚木被引到摆放着皮沙发的客厅。桌上铺着蕾丝桌垫,上面放着玻璃烟灰缸。也许这里有时会用来和客户密谈,他想。

和世津子相对坐下后不久,一个四十岁左右的妇人端来茶水。世津子介绍这是一个亲戚,来帮忙做家务。

柚木想起来这里之前了解的有关KM建设的信息。该公司是典型的家族企业,由上条伸行的祖父创立,主要管理职位大部分都由亲戚担任。如今社长在北海道处于昏迷状态,亲戚主动帮忙也是理所应当的。

"札幌的医院那边有人守着吗？"柚木问。

"公司的人去了，有事会马上联系。"

"这样啊。您太辛苦了。我前几天听说，您儿子也在与病魔斗争。"

世津子无力地点了点头。"在这么困难的时候，我真不知道我丈夫为什么会做出那样的蠢事。"她向柚木低头道歉，"给你们添麻烦了，真的很抱歉。"

"不不不。"柚木摆摆手，"您不必向我道歉。请问，制作恐吓信的那台电脑在哪里？"

世津子为难地垂下双眉。"电脑现在不在这里。警察带走了，说要查一下硬盘。"

"果然如此。"某种程度上，柚木已经猜到了这个结果，因此并没有失望。"有硬盘里文件的备份吗？"

"那个我准备好了。"她拿起身旁的信封，从中取出一张 A4 纸，放在柚木面前，"这是打印出来的。"

"是用平时使用的打印机打印的吗？"

"是的。"

"明白了，我看一下。"

柚木仔细阅读打印纸上的文字，然后从自己的包里取出一份文件。那是装订好的复印件，印的正是寄到新世开发的恐吓信。"完全一致。"他把两份文件摆在桌子上，"您请看，不仅内容一致，连文字的大小、字体、换行的位置都一样。您明白我的意思了吗？"

世津子比较着两份文件，轻轻点了点头。"好像是这样。"

"看来，我们收到的恐吓信，确实是在您家的电脑上制作的。那么，平时使用这台电脑的人是……"柚木看向世津子。

她垂下肩膀，叹了口气。"只有我丈夫和我。但电脑放在他的书房里，我几乎不用。这次我之所以用电脑，是为了找以前写过的贺年卡，结果发现了这么不得了的东西……"

"这么说来，写恐吓信的人就是您丈夫，应该没错吧？"

"是啊，虽然我不想相信。"她缓缓地摇了摇头，"我完全不清楚是怎么回事。警察也问了我很多问题，但我没有任何头绪。甚至连我丈夫是绯田风美的粉丝这件事，我也是在他出事后才知道的。不好意思，我甚至不知道有这么一名滑雪运动员。所以，我也并不知道我丈夫写恐吓信的原因。"她的语气里带着一丝焦躁，矛头直指丈夫。

"新世开发收到恐吓信是在大约一个月前。很难想象您丈夫这样的人会仅仅为了恶作剧去做那样的事，那段时间您丈夫周围出现了什么异常情况吗？"

"警察也反复追问我这个问题，但我真的毫无头绪。公司也好，家里也好，这一年多来都没发生什么变化。公司的业绩依旧不佳，儿子的病情也没有好转的迹象……"

柚木感受到了世津子的困惑，他察觉到她比谁都更想知道真相。"听说您儿子患有骨髓性白血病？还是很难看到治愈的希望吗？"

"是的，现在一直在等配型合适的骨髓捐献者。"

柚木知道，陌生人配型成功基本等同于奇迹，无论拥有多少金钱和权力都无能为力。或许也可做这样的推测：上条因将要失去儿子悲伤过度，为驱散愁闷情绪，就给自己喜欢的滑雪运动员所在的公司寄去了恐吓信。然而，这种推测未免太牵强了。"能看看您丈夫的书房吗？"柚木说。

"书房……"

"没什么用意,只是想确认有没有能显示上条先生与新世开发、绯田风美之间有关联的东西。"

"哦。"世津子点点头,又过意不去似的皱起眉,"让您看也没关系,不过,如果是这个目的,恐怕无法满足您的期待。其实警方派人来的时候,不光是电脑,连放在房间里的文件和书也几乎都装进纸箱拿走了。"

柚木不禁咂嘴。仔细想来,警察是会做到那种程度的,这样一来就要一无所获地回札幌了。"我知道了。还是先看下,可以吗?"

"好,我带您去。"世津子站起身来。

上条伸行的书房是间朝南带窗的西式房间,非常明亮,大约八叠大。墙边有书架和壁橱,背对窗户摆放着书桌和椅子。书桌上空荡荡的,应该是电脑被没收了的缘故,书架上有很多空隙,应该也是基于同样的原因。

"警察把资料和文件带走时,主要注重哪些地方?"

世津子依旧摇头。"不知道。我感觉他们并没有特意辨别什么内容,只是一股脑儿地全塞进箱子里罢了。"

柚木点点头。实际上或许是这样。他走近书架,视线扫向剩下的书的书脊,几乎全是关于经营和建筑的,此外还有医学书,可能上条伸行在学习白血病的相关知识。

"我可以看看桌子里面吗?"

"可以。"世津子回答。

柚木坐在椅子上,拉开黑檀木桌子的抽屉。里面几乎是空的,只有笔记、名片夹和印章。"感觉都被拿走了。"他不禁露出苦笑。

"是的。警察把通讯簿和信件都带走了,但他们最想找的好像是日记,不停问我丈夫有没有写日记的习惯。"

"没有吧？"

"应该没有，至少我从没听他说过写日记。"

柚木点点头，拉开另一个抽屉。一刹那，他的眼睛捕捉到了什么。抽屉里摆放着四个塑料盒，颜色分别为红、黑、蓝、黄。其中，红、蓝、黄盒是空的。柚木拿起黑盒，打开一看，只见里面装着还未使用的明信片，寄信人一栏印着上条家的地址。

"有什么问题吗？"世津子不安地看着柚木。

"这些明信片是……"

"只是普通的明信片。收到礼物后，我丈夫有时会亲自写感谢信，可能是在那时候用的。"

"这个盒子是印刷厂送的吗？"

"不，是我从站前的商场买的，因为我丈夫说想要收纳明信片的盒子。"

柚木把红、蓝、黄色的盒子也放到桌上。"这三个也是吗？"

"嗯，五个一组。"

"五个？"柚木重新在抽屉里寻找，"只有四个。"

"啊，是吗？那也许是他拿到别处去了。我记得还有一个白色的。"

"白色？"柚木盯着世津子，"您确定吗？"

世津子诧异地皱起眉头。"我想可以确定，有什么不对吗？"

"不，没什么。除了黑盒，其他都是空的。"

"我说过很多次了，明信片之类的全都被警察拿走了。"

"的确如此。"柚木把盒子放回抽屉，他心跳加速。翻找了别的抽屉，也没找到白盒，他站起身。"和您说的一样，这个房间好像没留下任何线索。"

"只能等待警方的案件报告了。我很迷茫，不知道该怎么办才好。本以为他只是被牵连到巴士事故里，没想到他甚至可能是要自杀……"

"自杀？警察这么说的？"

"说如果是我丈夫给新世开发寄了恐吓信，那也可能是他自导自演了巴士事故。"

"您对此怎么想？"

世津子皱起眉头，用力摇了摇头。"无法相信。不管有什么苦衷，他都不可能选择死亡，除非那么做可以挽救儿子的生命。"她的话很有说服力。的确，上条伸行最在意的应该是如何拯救儿子。放弃救儿子，用那种诡异的方式自杀，实在难以理解。"要是他能恢复意识就好了……"世津子低下头，紧咬嘴唇。

"这件事，您打算怎么应对媒体？"

听到柚木的提问，世津子露出困惑的表情。"目前我们不打算发布任何消息，警方似乎也没有这种打算。"

"那就好，如果消息泄露出去，请立刻联系我们。"

"知道了。万一发生这种事，我会第一个通知您。"

"拜托了。"柚木低下了头。

离开上条家后，柚木回到长冈站，把附近超市和商场的文具店逛了个遍，但没有找到卖那个明信片盒的地方，询问店员也没有人知道。他走进咖啡馆，边喝咖啡边整理思绪。

在上条家没得到什么有用信息，却有了一个不得了的发现。那个明信片盒跟绯田交给他的塑料盒是一样的，而且绯田手上的那个正是上条家不见了的白盒。柚木认为这并非偶然，因为那不是到处都有的东西。倘若不是偶然，那个塑料盒就是由上条交给绯田的。

可见,他们以前就认识。问题是,上条交到绯田手里的只是个盒子吗?装在盒中的带血指印的纸,原本是谁拿着的?毫无疑问,血指印是绯田风美母亲的,柚木他们已经进行了科学鉴定。如此一来,当然只能认为原来是绯田拿着的——正想到这里,手机响了,是小谷打来的。柚木接起电话,小谷立刻询问起情况。

"写恐吓信的就是上条伸行,首先这应该没错。"柚木汇报道,"但是,根本查不出动机是什么,上条夫人似乎一无所知,恐怕警方也没有掌握任何线索。"

电话里传来小谷一声深深的叹息。"好不容易去了一趟,没别的收获了吗?"

"这个……"柚木犹豫着是否要说塑料盒的事,最终选择了沉默。

"据说北海道警方明天要去调查 KM 建设,说不定能查出点什么,你在那里待到明天吧。"

"意思是让我今晚住在这里?"

"你好像不太满意啊。"

"没有。"

"送你个想留在长冈的礼物吧。你在关注绯田的妻子,对吧?"

"嗯,她和绯田风美拥有相同的基因组合。"

"绯田妻子的老家就在长冈。"

"什么?"柚木不由得握紧手机,"真的吗?"

"今天早上我和高仓教练通话时得知的。绯田的妻子曾在长冈皇冠酒店工作,他们的婚礼也是在那里举行的。高仓教练参加了婚礼。"

"是长冈皇冠酒店吗?"

"看来你打算住在那儿了。"

柚木眼前浮现出小谷窃喜的脸。"我本来就不想违背上司的指示。"挂断电话后，柚木走出咖啡馆，立刻借助这一带的地图找到了长冈皇冠酒店。酒店位于从车站步行大约五分钟的地方。

也许因为是工作日，酒店空房很多。柚木在前台登记后，很快就订到了单人间。他本想向前台服务员打听一下是否认识绯田宏昌的妻子，但看到对方后改变了想法。办理住宿手续的是一个三十岁左右的男职员，恐怕他连绯田是谁都不知道。

把行李放进房间后，柚木在酒店里四处走动，想寻找认识绯田妻子的人。他终于想到了一件事，于是向二楼走去。那里是策划婚礼事宜的办公室。他很快便找到了办公室。办公室的门边有橱窗，展示着在这家酒店举行婚礼的新婚夫妇的照片。

柚木漫不经心地看过去，在一张嵌在相框里的照片前停下了脚步。照片上的新郎正是绯田宏昌，照片下方写着"前奥运会滑雪运动员绯田宏昌和智代夫妇于本酒店举行婚礼"。

柚木的视线集中到了新娘智代的脸上。和绯田风美不太像啊——最先浮上柚木心头的是这个想法。

27

对方紧盯着柚木的名片，露出怀疑的神色。柚木已早早把对方的名片放进了上衣内侧口袋，名片上印着"长冈皇冠酒店总务科长前村和夫"。

"这样啊，我刚知道绯田先生的女儿在贵公司。"前村终于从名片上抬起头，但满是戒备的眼神没有变。

"还没什么名气，不过我觉得她将来一定能参加奥运会。"

"那太棒了。"前村总算挤出一丝笑容。

二人在酒店大厅相对而坐。柚木来到前台，想打听绯田宏昌举办婚礼的情况时恰好碰到了前村。他身材魁梧，脸盘很宽，整个人显得很沉稳，从眼神可知这个人无隙可乘。他应该有一种无论面对什么客人都岿然不动的韧劲吧。

"我正在收集绯田风美的相关资料，准备为她做宣传，她父母的事我也想采访一些。听说她的母亲曾在这家酒店工作过，她父母的婚礼也是在这里举办的，是吗？"

前村点了点头。"是的。像绯田先生那样的名人，一般都是在城市里的大型会场举办,却选了我们这样一家地方①上的酒店,所以我们非常感激,这对酒店是很好的宣传。您看过照片了吗?"

"看过了,拍得很好。前村先生,您曾和绯田先生的妻子一起工作过?"

"工作过。"前村爽快地回答,"一起工作了两年左右。但因为早川她冬天常被派到苗场那边,所以不太有共事的感觉。"

"早川?"

"啊,不好意思,就是绯田太太。"前村告诉柚木,绯田智代的旧姓是早川。

"绯田太太是个怎样的人呢?您说自己记着的就好。"柚木摆出记录的架势。

前村歪着头,小声说道:"嗯,总而言之是个很老实的人,做事认真,一丝不苟,不大擅长聊天,不太活跃,属于踏实稳健、埋头干活的类型。"

"不过,既然她和绯田先生结婚,是不是也很擅长运动?"

"这个不太了解。听说她是在被派到苗场时认识绯田先生的,但似乎他们不是通过滑雪认识的。"说到这里,前村站起身,"您能稍等一下吗?可能有个人更了解情况。"

"麻烦您了。"柚木说道。

大约五分钟后,前村回来了,身后跟着一个五十岁左右的女子。"她和早川是同一批进公司的。"前村介绍身后的女子。此人负责宴会厅,名叫菅井良子。

据菅井良子说,同一批进公司的女职员共五人,现在只有她还

---

① 相对中央、都市圈而言的地区、农村。

留在酒店工作。

"智代在这里工作时，我们经常一起去吃午饭。她和绯田先生结婚后去了东京，之后我们就完全没有来往了。"菅井良子的神情黯淡下来，"我也是过了很久之后才得知她去世的消息，听到时很受打击。"

柚木知道绯田智代是意外离世，但不知道是怎样的意外。"她是个什么样的人呢？"柚木又问了一遍。

"她很会照顾人，工作上也从没犯过什么大错误。曾有人在背后说她神经质，但我觉得她只是太认真了。"菅井良子语气坚定地说。

"她有什么爱好吗？比如运动之类的。"

"不知道。"菅井良子侧着头思索道，"没听她说过上学时喜欢什么运动。记得当时我刚开始打高尔夫，邀请她一起去，结果她说不擅长运动，拒绝了。"

"不擅长运动吗？唔……"柚木记录的动作慢了下来。

根据他们的统计，不管是否专门从事过某项运动，拥有F型基因组合的人都不会认为自己不擅长运动。柚木认为，原因与他们在中小学上的体育课有关。通常，中小学的体育课几乎都设有垫上运动、跳箱和单杠等器械体操项目。拥有F型基因组合的人大都具备出色的身体平衡能力，这些运动项目也难不倒他们。所以，绯田智代说她不擅长运动，让柚木难以理解。

"那个……"看柚木沉默不语，菅井良子打听似的开口道，"这次采访跟绯田先生的书有关吧？"

她的问题让柚木感到困惑。"绯田先生的书？那是什么？"

"就是他要写的自传。"

"自传？绯田先生？不，我没听说过。"

"这样啊。看来只是碰巧……"菅井良子嘟囔着，像在自言自语。

"怎么回事？您怎么知道他要写自传？"

"因为他昨天打电话过来了。"

"啊？"柚木难掩惊讶，"是他……是绯田宏昌打来的吗？"

"是的。太久没联系了，我也很吃惊。"

"哦，绯田先生要写自传啊。"前村从旁边悠闲地插话。

"听说是某家出版社邀请他写的。他说也不知道能否写好，但想试试，所以想先梳理一下往事。他想写些智代的事，所以拜托我介绍一个智代结婚前的朋友给他。"菅井良子来回看看柚木和前村，"所以我一心以为，您这次采访也和绯田先生的自传有关……"

柚木本想顺着她的话说，但事到如今他很难说出"是和他的自传有关"这样的话。"完全是两回事，但也不能说是偶然。一般人还不太知道，其实，我公司的绯田风美是目前滑雪界最受关注的运动员，为了进一步提高她的知名度，我们安排了此次采访。至于有出版社看中她，委托她父亲绯田宏昌写自传，也完全有可能。"

"这样啊。原来绯田先生的女儿那么有名啊……昨天他可一句也没提呢。"

"大概是难为情吧，他从不表扬自己的女儿。"

"他自己也是一流的运动员啊。"菅井良子点头道。

"那么，您向绯田先生介绍的是谁呢？方便告诉我吗？"

菅井良子难为情地垂下了眉梢。"我想不出合适的人选。刚才我也说了，在酒店我和智代大概最熟了。听说她还有个读短期大学时的朋友，但具体情况我就不了解了。我跟绯田先生也是这么说的。"

"这样啊。那他怎么说？"

"他说那也没办法，还说因为这种小事打来电话很抱歉。"

"只说了这些吗？"

"是的。我还邀请他了,说既然到这边来了,请务必到酒店来玩。"

柚木瞪大了双眼,还没开口,前村就抢先说道:"绯田先生来这里了吗?"

"是的,大概两天前他就来了。"

"为什么不让他住在我们这儿?"

"关于这一点,他已经致歉了,说是因为不知道要住多久,所以选择了可以长期连住的商务酒店。好像还有一个原因是他不想太引人注目,如果住在我们酒店,绯田先生有可能被其他客人注意到,毕竟二楼办公室还挂着他的婚礼照片呢。"

"这样啊。如果绯田先生来住宿,不管怎样我们都可以随机应变。"前村仍不死心。

"您问他住在哪家商务酒店了吗?"柚木问。

"问了,是东西 INN 酒店。"

"那里啊,那里的住宿费只有我们的一半。"前村拉长了脸。

柚木没有想到事态居然会发展成这样。绯田宏昌为什么来长冈?柚木向前村和菅井良子道谢后便离开了。他回到房间,在地图上找到东西 INN 酒店,预计搭出租车几分钟就能到。他拿起上衣,走出房间。

柚木在酒店门口搭上出租车,告诉司机目的地。他也考虑过给绯田打电话,但觉得如果那样做,绯田肯定不会见他。从菅井良子的话可察觉出,绯田似乎已经在秘密行动了。

自传的事恐怕是假的。绯田风美并未出名到能引起出版社注意的程度。即使是绯田宏昌,二十年前暂且不提,现在还记得他的人恐怕寥寥无几。令人在意的是,绯田似乎在调查他妻子结婚前的事。他的目的是什么?总不会是要协助柚木的研究吧。万一是那样,他应该会事先告诉柚木。

出租车抵达东西INN酒店。柚木直奔前台,说想找一个叫绯田宏昌的人。

"不好意思,请问您是……"前台服务员问。

"我姓柚木。"他递上名片。

服务员走到里面,估计是去往绯田的房间打电话。绯田应该不会让服务员赶走来访客人,既然打算长期逗留,就不会让酒店认为自己是个招惹麻烦的客人。大约过了一分钟,服务员回来了。"绯田先生的房间是一〇二五号,他请您上去。"

柚木暗自笑了,看来绯田的反应正符合他的预想。他乘电梯上到十楼,敲了敲一〇二五号房间的门。门很快打开了,二十厘米左右的缝隙里露出了绯田锐利的目光。"一个人?"

"当然。"

柚木回答后,绯田打开了门。这是间单人房,除了床以外只有椅子和一张小桌子。桌上放着合起来的文件夹。

"你怎么知道我在这里?我想了一下,"绯田坐到床上,"只有一个可能。你去了长冈皇冠酒店。"

"真是明察秋毫。我能知道,其实也有点侥幸。"

"你为什么来长冈?恐怕不只是为了调查我妻子的运动履历吧?"

"是公司派我来的。我已经见过上条夫人了,也发现了令人意外的事实。"

柚木告诉绯田,写恐吓信的人很有可能是上条伸行。绯田好像是第一次听说,他瞪大眼睛,神情僵硬。"他为什么要这么做……"

"正是为探听此事,我才去了上条家。很遗憾,并没什么收获。我感觉上条夫人也什么都不知道。"

"那么，恐吓信和巴士事故有什么关系吗？"

"警方之前一直认为，制造事故的凶手和恐吓者是同一个人。按照这个思路，那起事故就是上条先生自己策划的。"

"难道他是自杀？"

"有这种可能，但一般人不会选择这种自杀方法。可是，寄恐吓信的人只是偶然卷入其他案件，这样也很不合理。我推测，或许凶手的目标从一开始就是上条先生。"柚木拉开桌前的椅子坐下。他打开文件夹，看见里面放着很多照片，上面都是同一个年轻女子。

绯田站起来，夺过文件夹。"擅自翻看别人的东西，这就是你的做事风格吗？"

"照片上的人是您妻子吧？我可是在长冈皇冠酒店看到过两位甜蜜的结婚照。"

绯田叹了口气。"没想到照片还挂在那儿，明明已经过去近三十年了……"

"因为对于酒店来说，名人的婚礼照片是一笔财富。"

"明天我会打电话，让他们撤下来。我可不想继续丢人。"

"挂结婚照觉得丢人，写自传却毫不抵触吗？"

听到柚木的话，绯田目光一沉。"你是听营井说的吗？"

"是哪家出版社？直接打交道很困难吧？必要的话，我可以帮您接洽。"

绯田摆了摆手。"是一家不知名的小出版社。世上不乏好事者，自然也有人愿意委托像我这样的'老'人写传记。"

"札幌出了那样的事，独生女也不知道能否参加世界杯，这样的关键时刻，您却跑出来收集自传的材料？"

"这是早就定好的，你别乱猜。"

"就算您这么说，"柚木盯着绯田手边的文件夹，"那个能给我看看吗？"

"只是照片而已。"

"那给我看看也没关系吧？难道您有什么不能让我看的东西？"

绯田叹了口气，把文件夹递给柚木。"你随便看吧。"

里面的确只放着抓拍的生活照，主要是绯田智代年轻时的照片，甚至还有她少女时期的照片。"绯田先生，"柚木看着照片，"您到底在做什么？为什么现在要调查您妻子的过去？"

"我刚才都说了，为了写自传。"

"您认为我能接受这样的解释吗？我很清楚，您就不是会写自传的人！"

绯田撇撇嘴，转过头。"这与你无关。"

"请您告诉我吧。如果有什么我能做的，我可以帮您。"

"没必要。对不起，你请回吧。"绯田伸手要取柚木手里的文件夹。

"等一下，这张照片是什么？"柚木指着一张照片，上面是身穿校服的智代。

"有什么问题吗？这只是她初中时的照片而已。"

"我知道，我说的是地点。"

"地点？"

"请看后面。您看是什么？"柚木指着智代身后，"这是器械体操中使用的高低杠，所以拍摄地点应该是某座体育馆。"

绯田眯起眼睛看了看照片，像是怕自己因老花眼看不清楚。"好像是，可那又怎样？这就是学校里的体育馆吧？"

柚木摇了摇头。"如果只是单杠则另当别论，但安装高低杠的初中可没那么多。这是座更大的体育馆，并且这些体操器械如此摆放，应该是正在举办某个大型比赛。不用说，是器械体操大赛。与之完全无关的初中生不大可能出现在这种地方。"

绯田从照片上抬起头。"我从没听我妻子说她练过器械体操。"

"只是您没有听说过吧？或许只是忘记了。"

"我想应该不会……唉，说不定她练过一段时间吧。"

"我能借用一下这张照片吗？"

"你要它干什么？"

"我想调查您妻子在初中时是否练过器械体操。有了这张照片，我想我能找到是哪座体育馆，也许还能顺便查出是何时举行的什么样的比赛。"

绯田哼了一声，露出轻蔑的笑容。"我真服了你。看来你是真心相信运动能力受基因支配啊。"

"没有信念，研究就无法推进。我可以借用这张照片吗？"

绯田看看照片，又看看柚木，缓缓点了下头。"可以，不过我有个条件。我打算在长冈待一段时间，今后请你不要干扰我做的任何事。"

"我觉得和我保持联系对您来说绝非无益。"

"我想单独行动，不想受到干涉。如果这个条件你不接受，照片我不会借你。"绯田用锐利的目光瞪着柚木。

柚木皱眉，点了点头。"我知道了，那我们就分头行动。"说完，他揭下了照片。

28

柚木走后，绯田打开冰箱，取出罐装啤酒。这是他外出归来时在便利店买的，这个房间里没有迷你酒吧那种时髦的摆设。

他拉开拉环，把酒灌进喉咙，长出了一口气。他咀嚼着徒劳感，今天又是毫无收获的一天。他来长冈的理由只有一个，就是查明智代究竟从哪里抱来了孩子。

迄今为止，绯田一直以为十九年前被从医院抱走的婴儿就是风美，所以即使是为了救罹患白血病的上条家长子，他也想要尽快坦白真相。他甚至确信，上条伸行接近他们是期望风美能成为骨髓捐献者。但是上条世津子与风美之间并没有血缘关系。既然已经考虑骨髓移植，那么世津子不可能弄错自己的血型。风美也一样，她验过好几次血，都是 O 型。

那么，被抱走的婴儿不是风美。绯田不禁想，这么多年以来，我竟是为了一个完全错误的推测在苦恼吗？

倘若那是事实，对他来说是最好的救赎。但是，有几个事实仍让他在意：第一，智代一直留存着报道新生儿失踪案的报纸，与之无关的人应该不会做那种事。第二，上条伸行拿来的血指印，其主人确实是风美的亲生母亲。那枚血指印到底是谁的呢？

第一罐啤酒很快喝光了。他打开冰箱，拿出第二罐，还剩两罐。来长冈之后，他酒量明显见长，因为他需要用酒精来排遣没有成果的焦躁感。他拉过包，把里面的东西倾倒在床上。这些是智代珍视的书信和相册等，她把它们全部保存在家里的衣橱。

绯田一边喝啤酒，一边仔细检查。这是他几天来每天都要做的功课，已经不知道重复了多少次。他重视的关键词是"长冈"。

智代是长冈人，母亲早亡，父亲一手将她养大。她父亲是个个体出租车司机。为照顾父亲，智代短期大学毕业后留在长冈，在当地的酒店即长冈皇冠酒店工作。

那年冬天，绯田在位于苗场的酒店遇见了智代。那家酒店与智代工作的酒店属于同一家公司，智代冬天被派去临时帮忙。当时滑雪大受欢迎，排队等缆车都需要几十分钟，这在今天简直无法想象。绯田当时受到邀请，去做某场大赛的嘉宾。虽然在普通人中他没什么名气，但在滑雪界大名鼎鼎。酒店为他准备了最好的房间，还配了专人陪同，便是智代。

二人很快坠入爱河。绯田在百忙之中挤出时间去和她约会。在周围人看来，一定很不可思议：顶级滑雪运动员绯田宏昌为何总来如此普通的滑雪场呢？

相识的第二年夏天，他们结婚了。当时绯田独自住在父母留下的一栋位于埼玉县的老宅里，那里成了他们的新家。

周围的人都盼着他们早点有孩子，绯田和智代也有着同样的梦想。如果有了孩子，就让孩子学滑雪——他们刚结婚就讨论了这个问题。但是，这个愿望一直没有实现。他们也去过医院，医生只说双方都没问题。

智代怀孕是在他们结婚正好满五周年的时候。智代的父亲一直期待能抱上外孙，却在前一年因胰腺癌去世了。

绯田至今仍在后悔一件事，那就是在智代查出怀孕后，他没有放弃欧洲远征。当时，抓住现役最后的机会奋力一搏，这个想法在他脑中占了上风。然而远征取得的成绩仅仅是"不再抱憾"的自我满足。正因为优先考虑那些，因流产而无限失意的妻子只能独自一人承受。如果他不留下妻子孤身一人，流产或许可以避免。

智代流产后，她想方设法要抹平这件事，而选择的解决办法就是从别处抱来一个婴儿。

然而，之后的发展与他原来的想法开始有了很大不同。如果智代不是从新潟的大越医院把婴儿偷走的，那究竟是从何处呢？生下那孩子的女子现在又在何处、在做什么？

关键就在长冈。这里不仅是智代的老家，也是大越医院的所在地。还有一件事让绯田颇为在意，当拿出那张带有血指印的纸时，上条伸行曾说："您夫人的老家在新潟县长冈市，其实那个女人的老家也在那儿。您夫人好像没什么亲戚，所以我们想到，那个女人和您夫人之间或许有某种关联。"

听到这段话时，绯田以为是编造的，那只不过是上条想让他同意DNA鉴定的借口，他一直觉得血指印的主人一定是上条的妻子。但也许上条说的是真话，也许风美的亲生母亲和智代一样，老家都在长冈。那么正如上条所说，她和智代有关联也不足为奇。

基于这番推理，绯田将长冈锁定为关键，所以他才来到了这里。

他像往常一样看着妻子的遗物，其中有她在长冈时的照片、读高中和短期大学时的毕业生名簿、当地朋友写给她的信。他把这些全都摆在床上，可不管怎么看也看不出端倪。事到如今绯田才明白，自己其实对妻子一无所知。他就这样一无所知地埋头于滑雪，而这就是他婚姻生活的全部。

他很羡慕柚木的调查能力和行动力。那个人来长冈还不到一天，就查到了他在这里。柚木或许能找到风美的亲生母亲，当然，不能拜托他去找。

上条为什么要那样做呢？

他思考着从柚木口中听到的新谜团。据说给新世开发寄恐吓信的人是上条，他完全想不出上条那么做的理由。

他拿起那本装了照片的文件夹。柚木刚才翻看过，还从中拿走了智代初中时的照片。柚木打算做什么呢？

智代练过器械体操吗？如果真是如此，他一定会备感失落。因为他一定会痛悔自己一味痴迷滑雪，竟从未认真倾听过妻子回忆往事。

29

翌日一大早，柚木就行动起来，很快就查明了绯田智代即早川智代就读的初中。由于那张照片拍到了校服上的校徽，于是他立刻给学校打了电话，说有些关于毕业生的事情想请教。接电话的女职员语气听起来十分警惕。

柚木先报上绯田宏昌的名字，说明自己是想围绕"前奥运会运动员的妻子"做相关采访。然而，对方一副没有听懂的样子，看来她完全不知道绯田是谁。柚木心中涌上一阵无力感，如果换成里谷多英、荻原健司的名字，反应应该会截然不同吧。业余运动员如果拿不到奥运会金牌，就不会留在人们的记忆里，甚至根本就不会成为人们口中的话题。他再次深切感受到这一点。不过，当他说出新世开发滑雪部后，女职员向上级报告，随即允许他下午来学校。比起运动员的名字，企业名似乎更有说服力。

那所初中位于距离长冈站乘出租车约三十分钟的地方。校舍是浅黄色，校园里设有手球用的球门。

走到学校办公室，柚木看到一个对外窗口，里面坐着一个戴眼镜的中年女子。柚木报上姓名，拿出名片，对方立刻点点头。她应该就是那个接电话的人。

办公室里有个接待客人的小空间，五十岁左右的事务长田中在那里接待了柚木。他看着柚木拿出的照片，点了点头。"这的确是我们学校的校服，不过是很久以前的，现在款式已经变了。当然，校徽还一样。"

"我知道这是三十多年前的校服。在电话里跟您提到的绯田宏昌先生的妻子，如果她还在世，今年应该是四十七岁。"

"这样啊。接到你的电话后，我上网查了一下，绯田先生原来是个相当厉害的运动员啊，还参加了好几届奥运会。我也是头一次听说他妻子是我校的毕业生，要是能在他现役时知道就好了，我们能提供很多帮助。"田中的话听起来不像是客套寒暄。虽然本校毕业生的丈夫这种关系稍微远了些，但与自己学校有关联的人能参加奥运会，也算是件喜事。

"我们正在收集绯田夫人的各种信息经历，不知贵校能否给予协助？她的旧姓是早川。"

田中的脸上浮现出警惕的神色。"说到协助，具体是指什么呢？"

"比如，能否允许我借阅她初中时的成绩单？我特别想知道她的体育成绩——"

柚木的话还没说完，田中就露出苦笑，摇了摇头。"那已经不可能了，三十多年前的成绩早已没有存档，即使有，按照规定也不能随便外借。我只能说抱歉。"

"这样啊。"柚木做出遗憾的样子，但其实答案在他的预料之中。"那么，能给我介绍一下当时体操社的顾问老师吗？"

"体操社？"田中皱起眉头。

"请看这张照片。您能看见体操器械吧?我想她当时可能加入了体操社。要想知道当时的情况,我认为问一下顾问老师是最好的办法。"

"啊,请先停一下。"

"保护毕业生的个人信息非常必要,但如果只是告诉我顾问老师是谁,我想不会有任何问题。"

"不不不,不是的。"田中摆摆手,"你误会了,一定是什么地方弄错了。"

"怎么说?"

"我们学校没有体操社,以前也没听说有过,所以更不可能有顾问老师。"

"啊?"柚木禁不住轻呼出声,"这是真的吗?"

"真的。体育课当然设有器械体操这个项目,但是没有成立体操社。"

"那您觉得这张照片是怎么回事?"

田中看看照片,歪着头想了想。"不知道。应该是去给别的学校加油或参观吧?这不是我们学校的体育馆。"

"那您看这座体育馆是哪里的呢?"

"嗯……好像不是长冈市民体育馆,我看不出来。"

柚木点点头。看来希望落空了,再待下去也不会有什么收获。"我知道了,百忙之中打扰了。"柚木低头行礼,离开了座位。

"这个是要写成什么书吗?"田中问,"还是要录成电视节目?"

"可能会做成宣传用的小册子。"柚木信口敷衍道。

"这样啊。如果需要用学校的照片,请尽管说,我们会提供的。"田中热情地说。他可能在期待能为学校做宣传。

"届时一定拜托。"柚木礼貌地低头行礼。

离开办公室没多久,柚木听到一阵脚步声从身后传来,回头一看,那名女职员正小跑赶来。"请问有什么事吗?"柚木问。

"那个……其实我就是这所学校毕业的。"她略带踌躇地说,"也许我和您打听的那个人年纪相近。"

"啊……"柚木再次端详对方的外貌,确实看上去在那个年龄段。他递过照片。"您对这个人有印象吗?"

她歪了歪头,抱歉地说:"没有印象。关系好的同年级同学,我到现在都记得呢……"

"这样啊。那您为什么要追来呢?"

"因为您提到了体操。事务长说我们学校没有体操社,但实际上当时学校附近有一家有名的体操俱乐部,我小学时还去过。"

"体操俱乐部?原来如此。"柚木暗骂自己糊涂,看到照片上的早川智代穿着校服,就一心认定她是加入了初中的体操社。但小孩子如果真的立志练器械体操,一般会去体操俱乐部。"您还记得那家俱乐部的名字吗?"

"当然记得,叫三崎体操俱乐部,可惜大约在二十年前就解散了。"

柚木把俱乐部的名字记在记事本上。"有没有人对这家俱乐部比较了解?"

女职员考虑了一会儿,开口道:"那家俱乐部是由一家叫'三崎制果'的糖果公司经营的,问问他们可能会有线索。"

"三崎制果,是吗?明白了。谢谢您特意赶来告诉我。"柚木低头致谢。这哪里是没有收获,分明是拿到了极其宝贵的信息。

离开学校后,柚木打电话查到三崎制果的电话号码,直接往该公司打电话，表示想请教体操俱乐部的事。

"那个俱乐部很久以前就解散了。"电话里传来一个上了年纪的男人的声音，语气有些自来熟。

"我想见一下俱乐部的代表或负责人，请问您有联系方式吗？"

"代表就是我们社长啊。他早就去世了，现在公司没人知道体操俱乐部的事了。"

"那能提供俱乐部的记录或资料吗？"

"记录或资料？"对方像在说别人的事情，"着急要吗？"

"希望能尽快。"

"嗯……"对方沉吟，"那我先查一下，打您这个手机就可以吗？"

"可以。"柚木道声拜托后挂断了电话。对方的口气让人不抱希望。

接下来，柚木要前往长冈市政府柳原分部，他之前打听到那里有个体育振兴科。

体育振兴科的办公地点位于办公楼的四楼。看到柚木，一个身穿衬衫加针织开衫的男职员走过来："您有什么事吗？"

柚木给他看那张照片。"我想知道照片上的比赛是在哪里举办的、是什么比赛。这个女孩是长冈的一个初中生，但不是学校体操社的成员。我想她参加的可能是体操俱乐部。"

"嗯……初中生啊。如果是小学生，能参加的有体育少年团、少年体操俱乐部。"

"没有初中生能参加的体操俱乐部吗？"

"我们不大清楚。"男子歪着头说。

此时，柚木的手机响了。看到来电显示，他吓了一跳。是三崎制果打来的。

"关于您问的体操俱乐部，有位西冈先生对当时的情况很了解。"

刚才那个接电话的男子说道。

"西冈先生……请问他是做什么的呢？"

"他教过体操，嗯，似乎还是大学老师，现在退休了。我有他的联系方式，但不知道他现在是否还住在那里。"

"没关系，这已经帮了大忙了。"柚木记下对方说的地址和电话号码。刚才他还觉得对方让人不抱希望，现在真心感到抱歉。

出了分部后，他给那个叫西冈真一的人打电话。从号码来看，应该是家里的固定电话。

西冈在家。刚开始西冈似乎很疑惑，但听说是要问三崎体操俱乐部的事后，语气一下子变得明朗起来，告诉柚木俱乐部的资料几乎全部都在家里保管着。"必要的话我可以事先备齐。你今天过来吗？"

"如果可以，那太好了。"

"好的，那我在家里等你。"

西冈的家位于新潟市中央区。柚木先坐出租车前往长冈站，乘新干线到达新潟后换乘越后线，在白山站下车，再次搭乘出租车。

西冈家是一幢比较老旧的日式木屋，建在寺庙林立的街道上。柚木刚一按响门铃，西冈就和妻子一同出来迎接。西冈一头白发剪得很短，身上仍保留着运动员的气质。他个子虽小，但隔着毛衣也能看出胸膛相当厚实。得知他已七十岁，柚木着实感到惊讶。

"我的理想是参加东京奥运会，当时不顾一切地训练，但在预选赛时出现了重大失误，没能进入最终选拔。之后我回到家乡，决定教孩子们体操。"西冈坐在客厅的沙发上，平静地讲述着。墙上的架子上摆放着好几座形状各异的奖杯，应该是他过往的成果。

"三崎制果是我母亲娘家经营的，与其说是公司，倒不如说是亲戚们一起经营的小店。我家亲戚里练体操的人比较多，我舅舅当时任社长，他便为孩子们建了个体操俱乐部。那个时候，公司赚了不少钱。"西冈的眼神中流露出对过去的怀念。柚木拿出早川智代的照片。西冈忙戴上老花镜。"这大概是阿里玛的体育馆。"老人马上说。

"阿里玛？"

"是一家汽车零件制造商，就在长冈。我们曾借用那里的体育馆训练，因为我舅舅和社长很熟，所以每周都能借几次。"

"原来是公司的设施。"难怪没有人知道，柚木想。不过就此几乎可以确定，早川智代曾加入过三崎体操俱乐部。果然F型基因组合并未被浪费——他感到些许兴奋。"照片上的这个女孩，您有印象吗？她叫早川智代。"

"这个女孩子啊，我从刚才就开始在想，不过没想起来。这张照片是多少年前的了？"

"应该是三十多年前。她现在有四十七岁了，如果她还在世的话。"

"你的意思是……"

"她大概二十年前去世了。"

西冈镜片后的双眼微微睁大了，他从沙发上站起身。"稍等。"五分钟后，西冈回来了，两手各提着一个纸袋，里面装满了文件夹。"三崎体操俱乐部运营时间为一九六五年到一九八九年，由于参加的孩子日益减少，加之公司业绩恶化，最终解散了。社长说年号的改变也是他最终下定决心解散的理由之一。"西冈把几个文件夹放在桌上，"好，如果她现在四十七岁，那照片大概是拍摄在哪个年代呢？"

文件夹中似乎是登记在籍的人员名单。西冈把柚木给的照片放在旁边，翻阅文件夹比照着。他的眼神很温柔，可能脑海里正在重现和孩子们在一起的美好回忆。

柚木喝着沏好的茶，期待西冈能从记录里找到早川智代。但是核对了好几本文件夹后，西冈缓缓摇头。"很遗憾，没有早川这个姓氏。我大约查了有十个年份，没有发现她的在籍记录。"

失望在柚木心中弥漫开来。"那这张照片是怎么回事？初中生应该不会随便去企业的体育馆吧？"虽然知道这么问很没道理，柚木还是忍不住说出了疑问。

"确实很奇怪，如果说有初中生用那座体育馆，只能是我们俱乐部的人……"说完，西冈又拿起一本文件夹，"难道是去参观？"

"参观？"

"经常有孩子的家人来参观训练。平时的训练时间大约从下午五点开始，所以有时还有放学的孩子来给同学加油。对了，那个人是哪所初中的？"柚木说出学校名，西冈听后又开始翻阅文件夹。"大约有两个在籍的孩子来自那所学校，她们俩我都记得。"西冈把打开的文件夹转向柚木，指着纸上成排写着的名字中的一部分。那里写着"铃木康子"和"畑中弘惠"两个名字，铃木康子比畑中弘惠高一个年级。

"您是说，也许她只是来看这两人中的某一个？"

"或许是的，特别是这个畑中，出类拔萃，年龄虽小，却能接连掌握技巧。她的实力肯定到了全国级别，绝对值得前来参观。对了，应该也有她参加比赛的照片。"西冈又开始翻其他文件夹。

柚木努力不露出失望的神色。如果早川智代不在籍，那么就连西冈也失去了用处。

"啊，在这里！她正在表演平衡木，身体柔韧性和平衡感都无懈可击。"西冈把贴着照片的那一页朝向柚木。

虽然完全没有兴趣，柚木还是把目光转向了文件夹，心里想的却是如何结束对话。照片上的女运动员正在平衡木上做后空翻,姿势优美,如果接受正规训练,她甚至能达到奥运会替补运动员的水平。旁边还有一张她表演自由体操的照片,她面向镜头,正要做什么技术性动作。

看到这张照片,柚木睁大了双眼。照片上的正是他十分熟悉的人。不,是酷似他熟悉的人。

30

绯田回到酒店已将近午夜十二点。他扔下包,连外套也没脱就倒在了床上。

今天他去见了几个智代读短期大学时的朋友。她们大都嫁出了长冈,要见她们只能长途奔波。但奔波未果,可以说一无所获。大多数人在十九年前风美出生时就已与智代断了联系,甚至不知道智代已经过世。

智代究竟是怎么弄到孩子的?孩子的亲生母亲是谁?和上条伸行是什么关系?绯田没有找到任何答案。明天该怎么办?在他抱头思考时,手机响了。绯田躺着拿起手机,看到来电显示,他的脸扭曲了。是柚木打来的。"喂。"他声音冷淡地说道。

"我是柚木。不好意思,这么晚打扰您。"

"什么事?我说过,别再缠着我。"

"我知道。不过有件事我无论如何都要请教,能见一面吗?"

"你可真是纠缠不休啊,都说了别缠着我。"

"那我只问一个问题,非常重要。"

绯田叹了口气。"到底是什么?"

"是关于您的妻子……不,风美的母亲的。"

绯田注意到他的说法,问道:"什么意思?"

"风美的亲生母亲,"柚木接着说道,"是谁?在哪里?为什么最后是您妻子抚养了她?"

听到敲门声,绯田没问是谁就开了门。柚木站在外面,神情略显紧张,胳膊上搭着大衣。

"你挺快啊。"

"我就在附近,而且我觉得绯田先生一定想尽快听到我要说的话,恐怕一刻都等不及了吧?"柚木嘴角露出意味深长的笑意。

绯田没有回答,敞开门让柚木进屋。和前两天一样,绯田坐在床上,看着坐在椅子上的柚木。绯田开口道:"好,那你说说吧。"

"其实,我是希望您先回答我的。我在电话里问过了,风美的亲生母亲是谁?在哪里?"

"那孩子的亲生母亲是绯田智代,是我过世的妻子。"

柚木笑着摇头。"如果您真那么想,也不会要半夜见我了。我打算把查到的一切都告诉您,才来这里的。不过我也有个条件,就是您不要对我有所隐瞒。怎么样?"柚木嘴角虽有笑意,目光却很犀利,似乎在恫吓绯田:拙劣的欺骗没有用!

从接电话时起,绯田就已做好了思想准备。他不认为柚木是在信口开河,柚木一定握住了决定性的证据,不过绯田想象不出那证据到底藏于何处。自己这边每天都毫无收获,柚木却……这个家伙果然不一般。

"好,那我们推心置腹地谈谈吧。事到如今,互相试探也毫无意义。"

"那就好。我再问一次，风美的亲生母亲是谁？"

绯田舔了舔嘴唇，缓缓地眨了下眼睛，回答道："不清楚。"

"不清楚？什么意思？"

"就是字面上的意思。我不是说了要推心置腹吗？当父亲真是悲哀，妻子告诉你孩子是你的，你就只能相信。但在妻子死后，你才知道那是一个谎言。孩子不仅不是我的，也不是我妻子的。"

柚木有些疑惑，思考片刻后问道："究竟发生了什么？您是怎么发现那是谎言的？"

"在这之前，我想先问你一个问题。你是怎么发现的？"

"您果然想知道这个啊。"柚木把手伸进上衣内侧口袋，拿出一张照片，正是前几天从绯田的文件夹中揭下的那张。"我打听到了照片的拍摄地点，是一家名叫阿里玛的汽车零件制造商旗下的体育馆。当时，一个名叫三崎体操俱乐部的民营培训班借用这座体育馆指导孩子们体操。"

"体操俱乐部？智代加入了？"

"不，很遗憾，智代女士没有加入，而是她的朋友加入了。这张照片应该是智代女士去俱乐部看朋友时拍的。"

"朋友……"

"是智代女士的初中同学，名叫畑中弘惠。您知道这个人吗？字这么写……"柚木拽过酒店的便笺，用圆珠笔快速写下"畑中弘惠"几个字，递给绯田。

"不，我不知道。智代从来没对我说起过这个人。"

"这样啊。不过智代女士……您妻子和畑中弘惠的关系应该相当亲密。也许她们原本只是同学，但后来她们之间有了一个重大秘密。"

绯田对明显在卖关子的柚木感到不耐烦，同时琢磨着他话里的意思。瞬间，一个推测闪过脑海。"难道那个畑中弘惠……"

柚木再次把手伸进上衣内侧口袋，拿出一个茶色信封，放到绯田面前。"这是我从体操俱乐部的顾问老师那里借来的，是畑中弘惠初中时的照片。"

"我可以看看吗？"

"我就是为了给您看才借来的。"

绯田拿起信封，一摸便知道里面装着几张照片。他双手颤抖地取出照片。最先映入眼帘的，是正在表演自由体操的少女。少女挺着胸，脸正朝向镜头。绯田屏住呼吸，浑身发热，心跳加快，然后疯狂地抓起其他照片。每一张都是比赛中的照片，但脸能看得很清楚。无论从哪个角度看，无论对方是什么表情，照片上的少女都酷似风美。"这是……"绯田好不容易才发出声音，却无法继续说下去。

"很吃惊吧？简直就是风美本人。如果是在完全无关的地方看见这些照片，可能我们会以为这单纯只是长得很像的陌生人。但是，如果这个人是您妻子的同学，而且关系好到您妻子特意去参观体操训练的程度，就另当别论了。说句失礼的话，您妻子和风美长得一点都不像。一般都会觉得，畑中弘惠和风美才有血缘关系吧？"

绯田感到有什么东西从体内喷涌而出，刺激着泪腺，当他觉得不对劲时，眼泪已扑簌而下。他慌忙伸手去拿纸巾盒。"对不起，让你见笑了。"他擦着眼泪说。

"没关系。"

"不知道为什么，一想到她就是生下风美的人，眼泪就忽然掉下来了。不是悲伤，而是一种类似感动的心情。这么多年，我一直想知道她是谁。那孩子是我的宝贝，也是我最大的烦恼、最大的谜团。"

绯田调整呼吸后看向柚木,"你详细调查过这位女士吗?"

"查到了她娘家的地址,所以我去见了她母亲。她父亲已经去世了,她母亲现在和儿子们一起生活。"

"那查到她本人在哪儿了吗?"

柚木垂下视线,轻轻摇了摇头。"无法见到她本人。"

"为什么?"

柚木抬起头,遗憾地垂下眉毛。"她已经去世了。"

绯田做了个深呼吸,随后压低声音问:"什么时候的事?"

"十九年前,说是发生了火灾。据说当时畑中女士一个人生活。"

绯田感到有什么东西在胸腔里撞击。"十九年前……"

"正是风美出生的那一年。我向畑中女士的母亲确认畑中女士是否结过婚、有没有过生产经历,她的回答都是否定的。她断言畑中女士单身,也没生过孩子。"

绯田陷入了混乱。如果那是真的,畑中弘惠就不是风美的母亲,但绯田不觉得柚木会带着这个结论特意来找他。"你没相信她的话?"

柚木笑了。"我想如果绯田先生当时在场,恐怕和我一样,也会产生怀疑。其实我能问出这些事已经很不容易了,畑中女士的母亲并不想多谈,明显在隐瞒着什么。"

"那你怎么做的?"

"先在畑中家附近打听了一下,但没有人知道详情。周围邻居看上去不像是佯装不知,所以畑中家应该也向邻居隐瞒了女儿的死。"

"然后呢?"绯田催促道。

"尽管畑中女士的母亲没有对我说很多,但我觉得她说了两个事实。第一,畑中女士去世是在十九年前;第二,火灾是她的死因。以此为关键词,再加上畑中弘惠的名字,我试着去查阅了当时的新闻报道。"

"查到了吗?"

"如果能在网上检索到就好了,但是查不到。十九年前的报纸内容几乎都在检索对象之外,而且一旦发生其他重大事件,因火灾导致有人死亡的报道马上就会被淹没。于是我去图书馆查询了当地报纸的缩印版。毕竟年份已经明确,季节也大致能推测到。"

"季节?"

"冬天。"柚木说,"风美应该是一月出生的,对吧?"

"是的。"

"如果畑中女士是风美的母亲,而由于某种原因,绯田先生你们夫妻收养了风美,那么火灾应该也是在那个节点发生的。这个推理多半是正确的。"柚木拽过大衣,从口袋里取出折叠好的文件,"您看一下。"

绯田拿起文件。这是一篇新闻报道的复印件,报道日期是一月十四日。

十三日凌晨三点,南鱼沼郡汤泽町大字××二〇〇号民宅发生火灾,大约一百平方米的木造二层建筑全部被烧毁,约一个小时后火被扑灭。在一楼的废墟中发现了一名女子和刚出生的婴儿的尸体,新潟县警和南鱼沼警察局目前正在确认死者身份。

绯田抬起头。"这就是当时的报道?"

"是的。"

"但是还写着发现了婴儿的尸体……"

"还有一份复印件,您也看一下。"

绯田看了第二份复印件,同样是新闻报道,日期是十六日。

十三日发生在汤泽町导致民宅被烧毁的火灾,死者身份已经查明。事故现场发现的女性死者,是登记居住在长冈市的畑中弘惠(二十八岁、无业),约一年前搬至此处。一周前,畑中在新潟市内的医院产下一名女婴。据南鱼沼警察局查验,畑中和婴儿都没有吸入浓烟,另外畑中颈上缠有绳索。由此推断,畑中很可能是在家中放火后上吊自杀。

绯田不禁"啊"了一声。他怎么也没想到会是自杀。

"怎么样?上面写着畑中弘惠的名字吧?还说她去世前生了个女儿。"柚木说。

"没错,但如果这篇报道属实,那畑中女士与风美就毫无关系了。"

"是因为那个婴儿死了吗?但也未必吧。"

"什么意思?"

对绯田的疑问,柚木露出一副了然于胸的表情,投来视线。

看着柚木的眼睛,一个念头闪过绯田的脑海。"你是说,烧死的不是畑中女士的孩子?"

柚木摊开双手。"畑中女士生完女儿后自杀。她的朋友绯田智代也生下了女儿,而且那个孩子酷似畑中女士。如果说这一切都是偶然,您不觉得太过巧合了吗?"

"我明白你的意思,但是被烧死的婴儿究竟是——"说到这里,绯田闭口不言,因为他突然想到了问题的答案。

"怎么了?"柚木很快察觉到绯田的变化。

201

"不，没什么。"

"您的表情可不是'没什么'的样子。"柚木注视着绯田，"我查到的就这些，还有很多不明白的地方，但都没有超出推测的范围。不过，还有一些绯田先生您可以来补充的地方，不是吗？您一开始说了要推心置腹，所以还请告诉我真相。我想我也能帮到您。当然，这件事我没向外泄露过任何消息，未经您的允许，今后也不会擅自透露。请相信我。"

绯田感到腋下渗出了汗水。柚木的消息击倒了他。终于知道了风美的母亲是谁，这多少将他从多年的痛苦中解救了出来，但同时又给他带来了新的苦恼。

"绯田先生。"柚木再次唤他。

"抱歉，让我稍微整理一下思路。一下子知道了太多事情，脑子很混乱。"绯田站起来，打开冰箱去拿啤酒，"你也喝点什么吧？"

"那我也喝啤酒。"

绯田将啤酒递给柚木，坐回床上，打开手中的那罐喝了一口，长出一口气。"你的执着真让我钦佩，这么多年我都没弄清楚的事情，你却如此轻易地查明了。"

"凑巧而已。如果没有这张体育馆的照片，我什么都查不出来。"

绯田自嘲般的笑了。"我从没听智代说她练过器械体操，所以也没把这样的照片当回事，以为从中看不出什么。因为风美和智代没有血缘关系，我还预测你的调查不会有什么结果。"

"问题就在这里，绯田先生。今晚和您见面，我也吃了一惊。我做梦也没想到您居然不知道风美的亲生母亲是谁。那么，为何您手里有印着她母亲血指印的纸呢？"

"那个啊，在你看来很不可思议吧？"

"实在不可思议。您是从哪儿拿到的？这又是个新谜团。不过，我已经猜出来了。"柚木拉开拉环，喝了一口啤酒，继续说道，"是上条先生，对吧？"

已把啤酒罐送到嘴边的绯田差点呛到。"为什么这么说……"

"昨天没跟您说，我在上条先生的书房里发现的塑料盒和装有血指印的盒子是一样的。我不认为这是偶然。"

"是吗……"绯田用指尖按住眼角，"你真可怕。"

"您以前就认识上条先生，对吧？通过风美认识的。"

绯田用力摇了摇头。"那孩子什么都不知道。她一直以为自己的母亲是已经去世的智代，父亲是我。对此，她也从未有过任何怀疑。"

"那上条先生又是怎么认识您的？"

"是他来找我的，在巴士事故发生之前。"绯田把上条来时的详情告诉了柚木。

柚木听完很是疑惑。"上条先生为什么要找到您，说那些奇怪的话？为什么他有血指印？这些都不清楚。还有一件事我很纳闷：根据我听到的，我感觉您好像很早以前就知道上条先生了。这又是怎么回事？"

绯田挠挠头。到此地步，只能把真相告诉这个男人了，他下定了决心。"是的。我早就知道上条先生，我曾经调查过他。"

"为什么？"

"因为我曾以为他是风美的父亲。"

柚木睁大了眼睛。绯田坦陈了与风美出生有关的事实，还提到了长冈的新生儿失踪案和智代的自杀。柚木把啤酒罐放到桌上，扶住了额头。"原来是这样啊……这……真让人惊讶。"

"我本已打算向警方自首，就算你现在报警，我也不会拦着。原来想着等查明风美的母亲是谁之后再去,现在你已经帮我查明了。"

"绯田先生……"

"就是我还没想好该怎么跟风美解释。"绯田微微一笑。

柚木皱起眉,轻轻摇了摇头。"我并不想报警,也不打算把这件事告诉任何人,当然包括风美。而且,绯田先生,不是还有一些事等着我们去弄清楚吗?为什么畑中女士会把孩子托付给您的妻子?当年被烧死的婴儿又是谁的孩子?不过,其实我已经推测出来了。"

"嗯。"绯田点头,"你好像已经有答案了。"

"和畑中女士一起死去的,就是从医院里被抱走的上条先生的孩子——如今只能这么认为了。"

31

绯田缓缓开口:"看来,这一天终于来了。"

"这一天是指……"柚木不解。

"向风美坦白一切的时刻。现在已经别无选择,只能下定决心了。"

"您要马上说吗?但对风美来说,现在是至关重要的时期。过一段时间再说不行吗?至少等到世界杯结束吧。"

绯田收收下巴,摇了摇头。"不行。再拖延下去,我良心不安。"

"这么多年您都没说,现在稍作拖延也无妨吧?"

"你们是想让风美参加世界杯吧?我和你们的想法一样,但已经没有时间从容地去做了。和你的交谈解开了我一直以来的疑问。生下风美的人就是畑中弘惠,恐怕这已确凿无疑。那么,风美的父亲是谁?我想答案也很明显。"

"是上条先生吗?"

对于柚木的回答,绯田轻轻点了点头。"这么一想,一切都合乎逻辑了。上条先生一直珍藏着风美初中时的照片,我想那是因为从那时起他已经确信风美就是他的女儿。那他为什么迄今为止没有采取任何行动呢?"

"因为那是他和别的女人生的孩子,对吗?"

"上条先生知道所有的事,比如从医院里偷走婴儿的人是谁、那个人和婴儿后来的情况是怎样的。我想他大概很早就知道风美了,他明明知道,却从未靠近过她。正如你所说,那是因为风美是他和别的女人的孩子。"

"那为什么现在他又……"

"因为儿子。"

"儿子……那个正在住院的……"说到这里,柚木张大了嘴,"我记得患的病是骨髓性白血病。原来如此啊。"

"是的。听说上条家正因为找不到合适的骨髓捐献者而苦恼。我不太懂,但是兄弟姐妹之间配型成功的概率会很高吧?"

"确实比亲子更高。不过,上条先生的儿子和风美是同父异母的兄妹。"

"可是和陌生人相比,配型成功率还是会更高吧?"

"应该是。"

绯田喝光了啤酒。"上条先生一心想救儿子,所以来见我。他把畑中女士的血指印交给我,是为了做最后的确认,也许他还想把它当作说服我的材料。"

"说服?"

"上条先生大概想做完 DNA 鉴定,查明血指印的主人确实与风美是母子关系时,再对我说出实情。因为如果想让风美接受捐献者检查,必须先征得我的同意。"

"上条先生是已下定决心,甘愿公开一切吗?"

"当然，因为他的独生子正挣扎在死亡边缘，"绯田捏扁了手里的空啤酒罐，"所以已经没有时间从容地去做了，必须让风美尽快接受捐献者检查。如果磨磨蹭蹭，上条先生的儿子去世了，那我一生都将活在懊悔之中。我不能只顾自己，对本可能获救的生命置之不理。"

"这样啊。"柚木低下头，放在膝盖上的双手紧握成拳。

"你好像明白了。"

"明白了。如果关乎人命，那我也不能阻拦，只不过我觉得没必要马上对风美说。"

"什么意思？"

"可以找个别的理由，让她接受检查。要成为捐献者，人类白细胞抗原必须相吻合，如果检查结果不吻合，那就没必要如此着急地告诉风美真相。如果吻合，到那时候再告诉她就行了吧？"

绯田像赶苍蝇一样在面前用力地挥了挥手。"柚木，我已经不想再说谎了。在这种关系到能否挽救一个人生命的时候，我不想耍那些小伎俩。"

"可是……"

"而且，还有此次的恐吓案。"绯田双臂环抱，皱起眉头，"我想象不出十九年前的事和此次的案件有何种关联，但也不认为二者没有关系。所以，必须把风美的秘密告诉警方。如此一来，迟早会被媒体发现，引起轩然大波。在那之前，我想对风美说出一切。"

柚木焦躁地挠挠头。"那样好吗？您会失去一切的。"

"没办法。一想到我们夫妻犯下的罪行，这绝对算不上重罚。"

柚木无力地垂下了肩膀。"您所做的事在法律上可能不被允许，但是有必要接受惩罚吗？风美的亲生母亲去世了，亲生父亲又不敢出面，您想想，对风美来说，被您养育长大到底是好事还是坏事？我想答案很明显。"

"听你这么说，我心里能舒服一些。但是，这仍然是自私的解释。明知道是别人的孩子，却让她加入自己的户籍，还隐瞒多年。如果在知道真相的时候我就去报警，说不定风美会活出另外一种人生，谁也不能保证那种人生不如现在幸福。我和我的妻子或许扭曲了那孩子的人生。"

"扭曲这种说法未免也太……"柚木没有说完。

"我明天回北海道。"绯田说，"接下来，我会考虑怎么对风美说。总之，不能再犹豫了，这是肯定的。"

"绯田先生……"

绯田站了起来，向柚木伸出右手。"谢谢，我很感谢你。这不是讽刺，而是真心话。如果没有你，可能我明天又得在街上漫无目的地走。"

柚木也站起身，握住绯田的手。"要是我不这么多事就好了……"

"别想太多。另外，还有件事想拜托你。"

"什么事？"

"不是别的，是风美。等得知真相后，我想象不出那孩子的心灵会受到多大的伤害，那时，请你安慰她，成为她的支柱！"

柚木目瞪口呆。"您想要……离开风美吗？"

绯田叹了口气，松开柚木的手。"这是为了她好。当然不是就这么断了联系，还要办各种各样的手续，会间接地联系吧。怎样处理户籍就是一个问题。如果法院判决将风美的户籍移出，就必须考虑相关事宜……不，在那之前得先找警察说明情况。不管怎样，我都摆不出什么父亲的姿态了，还是从那孩子身边消失为好。"

"您这么做,往后她不就变成孤零零一个人了吗?"

"所以我才要拜托你。从某种意义上来说,你比我更了解风美。那孩子想知道自己的身世时,请你帮我向她解释,毕竟你还见过她的外祖母呢。"

柚木摇摇头。"她需要您,如果您不在她身边了,她甚至会放弃滑雪的。"

柚木的话刺痛了绯田的心,他不由得垂下了视线。"也许吧。但是我没有资格发表意见,那孩子有她自己的人生,我无权干涉。我只是毫无关系的外人。"

"怎么会……"

"但如果她能继续滑雪……"说到这里,绯田闭上眼睛,摇了摇头,"不,还是算了吧,我没有任何期待的权利。"

柚木一言不发。看他的表情,不是在担心风美放弃滑雪所带来的损失,而是在思考如何解决绯田和风美的问题。

幸好第一次吐露秘密的对象是这个年轻人,绯田想。"抱歉,我想单独静一静。"

"啊……不好意思。"柚木走向门口,但马上又停下,回过头,"明天您几点的飞机?"

"还没决定。我想搭早一点的航班走,反正今晚是睡不着了。"说完,绯田皱起了眉头,"说了些很软弱的话,拜托你忘掉。"

"没关系。那我先告辞了。"

"好的。啊,柚木!"绯田叫住柚木,直视他的眼睛,"真的谢谢你。"

柚木微微点头,打开门离开了。

绯田又从冰箱里拿出一罐啤酒,坐在床上喝了起来。明知今晚

209

怎么也醉不了，身体却还叫嚣着要喝酒。旁边放着照片。那是畑中弘惠初中时的照片，柚木忘记带走了。既然说是借来的，早晚总得还回去吧。绯田用床单擦拭指尖后，拿起了照片。照片上的人越看越像风美，连体形都一模一样。绯田点点头，怪不得柚木一眼就发现了。绯田想起了柚木说过的话——拥有F型基因组合的人身体平衡能力强，适合从事体操等。这张照片证明这一假说是正确的。绯田叹了口气，微微一笑，笑中满是自嘲。

我真是个胆大包天的窃贼，他想，不仅偷了别人的女儿，还将她培养成滑雪运动员，并且自负地以为她之所以能取得好成绩，全是因为自己指导有方。但实际并非如此，只是她从亲生父母那里继承的天赋开花绽放罢了。

连风美的天赋所带来的东西，我都曾想要当作自己的——

绯田把啤酒罐向墙上扔去。洒出的啤酒弄湿了地板，但他看也不看，双手抱住了头。

32

电话铃声吵醒了柚木。他拿起放在枕边的手机,又看了眼时钟,刚过上午十点。

"你还在睡吗?"手机里传来小谷的声音,听起来有些不高兴。

"正准备出门,什么事?"

"什么事?看来你还不知道,北海道警方行动了。"

"什么行动?"

"今天一大早,他们搜查了KM建设。"

"为什么?"

"不知道,所以我才打电话给你。你都没查到什么吗?说要在长冈多待一段时间的可是你啊!"

"对不起,忙了点别的事……"

"绯田的妻子和运动基因的事暂且搁置。总之,你先收集消息,明白了吗?"

"明白了,有消息就联系您。"

结束通话,柚木打开了电视,但是并没有关于搜查KM建设的新闻。他从床上爬起来，走向浴室。头有点沉，可能是昨天喝威士忌喝到很晚的缘故。绯田说他睡不着，柚木同样没有酣眠的心情。柚木用凉水洗了把脸，照照镜子，脸有点浮肿，眼睛也红了。他想象得到绯田应该更加憔悴，可能一夜没睡就坐上飞机了。

简单吃过早饭后，柚木出了酒店。虽然小谷让他收集消息，但他只有一个目标。他取出手机，打给上条世津子。

电话很快接通了。"喂。"低沉的声音传来。

"您好，我是柚木。请问现在说话方便吗？"

"嗯，请说……"

"听说贵公司被搜查了，这是真的吗？"

对方停顿了一会儿，回答道："嗯。"声音里透着消沉。

"警方有没有说明搜查的目的是什么？"

"我这边什么也不知道……现在小田切正在调查情况。"

"这样啊。请问夫人您现在在哪里？"

"在家。"

"那我现在去拜访，可以吗？我也想问问小田切先生情况。"

"现在就过来吗？"

"警方搜查贵公司，我想是因为他们已经查明往我们公司寄恐吓信的人就是您丈夫。我们也希望能掌握情况。"柚木语气略微严肃地说道。虽然强调受害者的立场有点难为情，但大事当前，顾不得其他了。

上条世津子沉默了一会儿，回答道："我明白了，小田切马上就回来，我会转告他。"

"谢谢，您帮大忙了。"怕对方改变主意，柚木急忙挂了电话。他拦下一辆出租车，前往上条家。本以为媒体会蜂拥而至，结果浅黄色的建筑前空无一人。

上条世津子面带愁容地出来迎接柚木,带他到几天前去过的客厅,只见穿着西装的小田切表情凝重地等候在那里。

"突然来查的,董事们都吓了一跳。"小田切先开口说道。

"究竟是怎么回事?"柚木问。

"具体情况我也不清楚,好像还是和那起巴士事故有关。您也知道吧?北海道警方认为事故是人为的。"

"我是听刑警说过。"

"听说巴士被人事先动了手脚,凶手在某个地方安装了特殊装置。"

这还是第一次听说。柚木向前探身。"然后呢?"

"那个装置使用了某种建筑零件,警方调查零件来源时,发现是长冈的零件制造商生产的。"

"长冈?难道……"

小田切神色严峻地点头。"是我们的分公司。"

柚木挺直脊背,看向上条世津子。她依然睁大双眼,双唇抿成了一条直线。"是说凶手是公司里的人?"柚木问。

"警方怀疑是。"

"怀疑有公司职员想要社长的命?但这样恐吓信就无法解释了。"

"是的,所以警方推测社长知道一切。"

柚木一边思索,一边注视着小田切。"实在想不通。难道社长让员工谋害自己的性命?会有这种事?"

"一般来说不太可能,所以警方怀疑这是一起保险诈骗案。"

"保险诈骗?"

"就是故意遭遇车祸,试图骗取保险金。"

"不可能如此荒唐！"上条世津子厉声道，"在如此重要的时候，我丈夫有必要做那种事吗？"

"这不是我说的，好像是警方这么想的。不过，警方的说法也有一定道理。如果事故是为图谋保险金而故意制造的，那么社长写恐吓信也就说得通了。"

"怎么说得通了？"柚木问。

"如果只是制造一起车祸，有可能暴露是由什么人策划的，但如果卷入蓄意加害滑雪运动员的案件，警方就不会认为是针对社长的，保险公司也一样。所以，必须先寄出恐吓信。"

"那为什么偏偏拿我们公司的绯田作为目标？"

"因为社长是她的粉丝。如果是去见喜欢的运动员，即使恰好出现在事故现场也很合理。"

"不错，的确合乎逻辑。"

"我刚才也说了，这不是我的想法，我只是传达警方的推测，我并不相信。"

我也不相信——这话柚木忍住没说。他比谁都清楚上条去札幌的目的，也知道他去见风美的理由。

绯田说得对，他想。警方的调查正朝着错误的方向发展，应该尽早告诉他们上条和风美的关系，同时，也是为了眼前这个可怜的女人。柚木注视着上条世津子。

33

微弱的阳光透过窗帘的缝隙射了进来,简陋的桌子上散乱地放着几个空啤酒罐。天似乎亮了。绯田本做好了可能睡不着的思想准备,最终还是打了个盹儿。酒精的力量是强大的。

绯田从床上坐起,面容有些扭曲。脑袋很疼,胃里有些积食,浑身无力,手脚浮肿不用看也知道,牙龈也不好受。他搓了一把脸,发现双手手掌泛着油光。他慢腾腾地爬起来,开始做出发的准备。这家酒店已经没有必要再住了。看到湿乎乎的地板,他这才想起昨晚自己把啤酒罐扔到了墙上。他一边用浴巾擦拭,一边陷入自我厌恶的情绪中。冲完热水澡,他开始刷牙,卫生间的镜子映照出一张苍老的脸,双眼无神,皮肤松弛,脸色也很差。

换好衣服,绯田带着行李离开了房间。在前台退房时,住宿费低得出乎意料。他感觉好像待了很久,其实才不过几天。

搭乘出租车抵达长冈站,然后坐上前往新潟的新干线。自由席[①]

[①]日本新干线上有自由席和指定席。自由席由乘客自己找座位,而指定席则有固定的座位。

的车厢很空，绯田找了个三人座坐下，放下靠背。后排座位上坐着两个公司职员模样的男人。

绯田闭上眼睛，思考如何对风美开口。考虑到她有可能会惊慌失措，所以不能在引人注目的地方说。风美现在在富良野，晚上去她房间说？不，她应该是和同事一起住。想要二人单独谈，还是另外订一个房间为好。

只有他们二人时，先说些什么好呢？绯田绞尽脑汁，怎么也想不出避免伤害风美的好办法，有些喘不过气。他仍能感到胃部有些积食，虽然到现在还没吃早饭，但完全没有食欲。

绯田想去小卖店买瓶果汁。刚要起身，听到身后传来公司职员的对话。

"听说了吗？警察搜查了KM建设。"一名男子说。

KM建设、搜查——这都是绯田无法置之不理的词。他竖起耳朵。

"什么时候的事？"另一名男子惊讶地问。

"就在刚才。我有个朋友在KM建设总部，他发邮件告诉我的。"

"那家公司发生什么事了？"

"大概是因为社长的事。你知道吗？他们社长在北海道出车祸住院了。"

"哦，我在新闻里看到了。"

"据说，"男子压低声音，"有可能是卷入案子了。"

"案子？"

"可能不是一场车祸那么简单。警方这是在做相关侦查吧。"

"有那么严重吗？"

从他们与己无关的语气中可以判断，二人与KM建设毫无关系。绯田想知道更详细的信息，努力捕捉着身后的声音。

"这年头,本来经济就快低迷到谷底了,还出这样的事!我还听说,KM建设的下任社长正身患重病呢。"

"是吗?"

"就是现任社长的儿子,好像一直住在长冈的大越医院,听说是癌症。"

"太可怜了。"

"那是家族企业,社长好像是世袭的,但现在最重要的继承人可能要没了,估计会纷争不休。我那个朋友说,要是现任社长和下任社长都死了,公司怕是岌岌可危,他们都怕得不行呢!"

"那是肯定的啊。"

"唉,我们公司也不让人放心啊,因为我们公司——"此后,二人的话题离开了KM建设,没再提及。

绯田注意到对话中出现了"大越医院"。这是他无法忘记的名字,上条夫妇的孩子就是从那家医院被偷走的。

现在上条伸行的儿子住在那里……想想也能理解。大越医院是长冈市数一数二的综合医院,上条世津子也曾选在那里生产,所以让独生子在那里住院治疗也没什么可奇怪的。

但在听到医院名字的一瞬间,另一个念头掠过了绯田的脑海。

就这样回到北海道告诉风美真相真的好吗?他感到迷惘,总觉得还有其他事情要做。

左思右想之际,新干线到达了新潟站。出了检票口,绯田立即折返,来到售票机前,买了返回长冈的车票。他决定去大越医院看看。当然,他没想着能见到上条夫妇的长子。突然造访只会让对方感到不快,但是绯田不想就这么回札幌。他想至少要去趟医院,买束探望的鲜花,放在那儿再回去。他承认,那只不过是一种自我满足,但他无法抑制内心的冲动。

绯田回到长冈站,买了花之后便乘上出租车去了医院。这路线他已走过好几次了。大越医院和几年前来时相比,几乎没什么变化。庄重的灰色大楼,在带着不安前来的患者看来应该十分可靠吧。

绯田至今一直以为这里就是风美出生的医院。十九年前,她从这里被带走,经历一番波折后,由他们夫妇抚养长大。但对现在的绯田来说,这里是风美同父异母的哥哥治疗的医院。如果绯田坦白一切,那个人就有可能得救。

绯田缓缓前行。穿过正门,右边就是服务台,一个看似来探视的女子正在询问穿白衣的女职员。绯田等她离开后走近服务台,打听上条先生的儿子住在哪里。

"上条先生住在四楼四一〇号房间,现在可以探视。"女职员看着电脑屏幕说。

"不,不见面也没关系,可否请你把这个交给他?"绯田拿出花束。

"鲜花?"

"是的,我只是来送花。"

女职员点点头。"那您能送到四楼的护士站吗?我这里不能收。"

"哦……这样啊。"

"实在不好意思。"女职员低头致歉。

没办法,绯田只好乘电梯上楼。在四楼走出电梯,沿着走廊向前走,就到了护士站。那里有三个护士,其中一个注意到了他,打开门走了出来。"您是来探视吗?"

"嗯,我想请你把这束花送到上条先生的房间。"

"上条先生的……"护士露出为难的表情,"您不见他吗?"

"嗯。其实我们不认识,但我受过他父亲很多关照。"

护士一脸犹豫。突然，她看向了绯田的身后。"啊，正好您来了，这位客人给上条先生送来了鲜花。"

绯田回头看去，一个二十五岁左右的长发女子正走过来。她冲绯田点头致意。"你是上条先生的亲戚吗？"绯田问道。

"不，我是常务的联络员。"女子自称小仓邦子，常务应该是指上条的儿子。

"这是我的名片。"绯田递上名片。

看到绯田的名字，小仓邦子没有任何反应。

"这么问可能有点奇怪，我想问你知道上条伸行先生为什么去札幌吗？"绯田问道。

"我听说是去见一名滑雪运动员……社长好像从很早以前就是她的粉丝。"

"那名滑雪运动员就是我的女儿。"绯田说。

小仓邦子睁大了眼睛。"是嘛！"

"我也去探望了上条伸行先生，当时从夫人那里听说，他们的儿子在住院。这次我正好来这边办事，所以想来送束鲜花以表心意。"

"原来是这样，那就由我交给他吧。其实，您直接交给他是最好的，但现在常务的身体状况不太好……"

"不，不用了。我本来也是想把花放下就走的，请别介意。"

"实在不好意思。我一定把鲜花交给他。"小仓邦子接过花束，把绯田的名片插在了上面。

在小仓邦子的目送下，绯田走进电梯。他觉得胸中的郁闷好像散去了一些，但身心依然疲惫沉重，不愿动弹。

绯田搭上出租车，回到长冈站。他想起新潟飞往札幌的飞机傍晚之后才有，正琢磨如何消磨白天这段时间时，胸前口袋里的手机响了。是个陌生来电。"喂。"他接起电话。

"喂，您好，我是小仓，我们刚刚见过面。"

"啊……怎么了？"绯田不由得握紧了手机，担心是不是送花出了什么问题。

"您现在在哪儿？"

"在长冈站。"

"您接下来有什么安排？"

"我打算坐飞机回札幌。"

"几点的飞机？"小仓邦子一连串地追问。

"四点半。"

"这么说，还有很长一段时间，在那之前您准备做什么吗？"

"哦，没想好要做什么……"

"这样啊。"小仓似乎松了口气。

"你有什么事吗？"绯田问。

"其实，我将您送的花转交给常务了，结果他说无论如何都要向您当面致谢。"

"上条先生的儿子要见我？"

"是的。不好意思，让您为难了。能请您再来这边一趟吗？如果可以，我派人去接您。"

"不，不用这么客气。不过，我和他并不认识。"

"正因为这样，他才想要见您一面。给您添麻烦了，还请容忍一次病人的任性吧。"小仓邦子的语气铿锵有力，看来上司下了死命令。

"我知道了，我也正在想如何打发这段空闲时间。我马上过去。"

"是吗？太感谢了。我等着您。"

"那待会儿见。"绯田结束通话，歪着头沉思，心想这真是出乎意料的发展。

绯田乘上出租车,回到医院时,小仓邦子已站在正门前。"不好意思,让您专程跑一趟。"她深鞠一躬。

"关于我的事情,你是怎么解释的?"绯田笑着问。他实在想不出上条的儿子为何想见自己。

"我将绯田先生的话如实转达后,常务就让我立即给您打电话。"她好像也不大清楚。

二人乘上电梯,到达四楼。小仓邦子带绯田来到走廊尽头的房间,门上挂着牌子,上面写着"上条文也"。

小仓邦子敲了敲门,里面传出一声"请进"。她打开门,对里面说了句"绯田先生来了",然后对绯田点点头。

绯田踏进病房。眼前摆着小桌子和椅子,里面是床。一个撑起上半身、身着睡袍的男子正看着他。男子脸色苍白,面容清瘦。大概是受抗癌药的影响,他没有眉毛,头上戴着一顶针织帽。"您好。"男子嘴边满是皱纹,一笑皱纹更深了。看得出来,这是因短时间内急剧消瘦所致。

绯田低头行礼,说不出寒暄的话。

"您请坐。"小仓邦子示意他坐下。绯田点了点头,坐在椅子上。

"特意叫您回来,非常抱歉。不过,很少有这样……不,可能不会再有这样的机会了。"上条文也说。他的声音很小,但口齿清晰。

"突然收到来历不明的人送来的花,会不会不高兴?"绯田试着开口。

"没有的事,一听是绯田先生,我马上就知道是谁了,所以我让小仓无论如何也要请您过来。"上条文也看了小仓邦子一眼后,立即将目光移回绯田身上,"谢谢您能来。"

"我才是，能见到你真是太好了。"

上条文也点了点头，对小仓邦子说："你先回避一下，可以吗？"

"好的。"小仓邦子答应一声后，走出房间。

绯田凝望着上条文也的手。他犹豫着要不要直视对方，但上条文也的手让他受到了冲击。那双手瘦得像小树枝一样细，而且还是快要枯萎的小树枝，好像稍微用力就能折断。如果告诉风美真相，也许能挽救眼前这个人的生命——绯田想着，愈发坐立不安。

"我听妈妈提起过你们。爸爸擅自去找您的女儿，结果遭遇车祸，这件事你们没有任何责任。尽管如此，听说你们还去探望了爸爸，妈妈很过意不去。"上条文也诚恳地说。他眼窝凹陷，神情却像小狗一样纯净温柔。

"不，不是什么责任的问题，粉丝遭遇事故，我们探望也是理所应当的。"绯田说道。他感觉自己的表情有些僵硬。

"不过，您能来这里，我很惊讶。您是来这边工作吗？"

"不，是为了一些私事。我过世妻子的老家是这里。"

"这样啊，那可真巧。"上条文也笑了笑，表情马上又严肃起来，"对不起，请问您妻子是什么时候去世的？"

"大约十六七年前。"

"这么说，几乎是您一手把女儿拉扯大的，一定挺不容易的吧？"

"唉，好歹总算熬过来了。"

"我能体会您的辛苦。我让下属调查了一下，您女儿是名出色的滑雪运动员，取得了优异的成绩。父女俩互相扶持，一路奋斗过来，真的让人钦佩。"

"谢谢。"绯田低下头说。他心情颇为复杂，感觉自己没有资格被这个人表扬将风美培养得出色。

"别看我现在这样,有一段时间我也沉迷于运动。"

听了上条文也的话,绯田终于抬起了头。"是什么运动?"

"棒球。我担任投手,投球的速度相当快。其实是受爸爸的影响,我爸爸喜欢棒球。"说完,他歪头思考。"爸爸竟对滑雪感兴趣,我非常惊讶,印象里他没怎么接触过冬季的运动项目。我也是,滑雪只是在体育课上学过。住在这一带,每到冬天就下大雪,烦得不得了,所以不知道喜欢去滑雪场的人都是怎么想的。"

"本地的人往往就是这样。"

"如今我很后悔,要是上滑雪课时再认真点就好了。我还没体会过滑雪的乐趣呢。"

"我想今后也会有机会的。"

听绯田说完,上条文也叹了口气,嘴角绽出微笑。"我一讲这种话,大部分人都会这么回我。但是,自己的身体自己最了解。"

"别这么说……"

"不,请不要误会,我并不是在悲观,也不是在自暴自弃。我觉得,并不是活得越长就越好,怎样度过被给予的时间才是最重要的。"

"听你母亲说,你还是有治愈希望的。"

"骨髓移植吗?那个啊……"上条文也耸了耸瘦弱的肩膀,"就是碰运气。我根本不会去想那些。"

"我觉得……"绯田舔了舔嘴唇,继续说道,"你一定能等到好消息。"

"是吗?"上条文也目光真挚地看着绯田。

"是的。所以,无论如何请不要——"绯田刚要说"放弃希望",又摇了摇头,"对不起,说了一些不负责任的话。"

"不,您能这么说,我还是很高兴的。谢谢。"说完,上条文也轻咳了一声。他捂住胸口，表情痛苦地扭曲着。

"你没事吧？"

"没事。"他依旧捂着胸口，露出笑容，"只是稍微有点累，可能是因为很久没有和初次见面的人说这么长时间的话了。"

绯田连忙站起来。"那么，我差不多该告辞了……"

"不好意思，突然让您过来，我却……"

"不要在意，请务必多保重身体。"

"谢谢您。"上条文也低头行礼，接着缓缓地伸出右手。

绯田意识到他是想要和自己握手。绯田轻轻握住他那瘦得快要折断的手。他的皮肤又冷又干。

"能见到您真好。"上条文也一双凹陷的眼睛凝视着绯田，"我真心感谢您能来。"

"我也是，能见到你太好了。"绯田松开手，道别后向门口走去。

在小仓邦子的目送下，绯田离开了医院。他回到长冈站，乘坐新干线去了新潟。

吃过一顿迟到的午饭，消磨了会儿时间，绯田坐上了从新潟机场飞往札幌的飞机。机内广播说，札幌正在下小雪。

绯田靠在座位上，闭上眼睛，眼前浮现出上条文也瘦削的面容。他发现自己动荡不安的心情多少平静了一些。

向风美坦白一切——他已下定决心，不再动摇。

34

绯田抵达新千岁机场时，天已完全黑了。他乘上JR快速电车前往札幌站。如果一切顺利，晚上七点多可以到达。

家里已经很久没人住了，他想今晚回家，整理下东西。既然要把一切都告诉风美，那就不能再住在一起了。赛季期间，风美住集训宿舍，绯田决定在此期间收拾好行李搬出去。风美可能不想再住在那间公寓里，那就需要和公寓办理解约手续，届时怎么处理她的行李也是一个问题。

绯田意识到，告诉风美真相之后，还有许多事必须和她商量决定。他的心情更加沉重了。自己痛苦倒没什么，但他不能忍受给风美增加精神负担。

看来只能靠柚木了，绯田想。如果是柚木，应该能介入他与风美之间。绯田知道这会给柚木添麻烦，心里很是过意不去，但了解一切情况的只有柚木，而且也没有比柚木更值得信赖的人了。

绯田想，得赶紧找到新住处，还要寻找新工作。从明天开始，每一天都将很辛苦，他已做好了思想准备。

绯田在车上眺望着几乎没有灯光的风景。黑暗中，只见外面已被白雪完全覆盖。

富良野的雪又是什么样的呢？

在高山滑雪比赛中，为了避免出发顺序不同引起的不公平，主办方要尽力保证雪道的硬度。具体来说，就是往雪道的各处插进管子注水。水在雪中渗透，然后凝固。这样加工过的雪道外表看上去是雪，实际上是冰。在冻得坚硬的冰上，滑雪运动员调整着板刃磨得锋利的滑雪板向前冲锋，这就是高山滑雪。

即使风美能参加世界杯，她的出发顺序肯定也相当靠后。她必须在已被很多选手滑过的雪道上滑。希望她能幸运些，届时雪道的破坏程度不算严重，至少能让她发挥出应有的水平。

他看着映在玻璃窗上的自己的脸，轻轻摇了摇头。绯田，你在想什么蠢问题！绯田告诉自己，已经没有资格在意风美是否能参加世界杯了。不仅如此，甚至风美是否会继续滑雪也无从知晓。即使她现在热爱滑雪，在告诉她真相之后，她甚至可能把滑雪视为可恨的回忆。

绯田将手放在额头上。他想忘掉滑雪。离开现在的公寓，搬到没有雪的城市会比较好吧。就在这时，电话响了。他从外套的内侧口袋里拿出手机。打来电话的是柚木。"喂。"他低声应答。

"我是柚木。您现在在哪儿？"

"在电车上，正要从机场去札幌站。"

"机场？您不是今天早上就出发了吗？"

"本来是这么打算的，后来计划有些变化，傍晚才出发。"绯田决定先不说见过上条文也一事。

"那您应该还不知道吧？"

"什么事？你是说搜查 KM 建设的事吗？我偶然听到了……"

"不是那件事。出大事了。"柚木的声音里充满紧迫感。

"大事？到底怎么了？难道风美出了什么事？"

"不是风美，是上条先生。"

"上条先生？"话刚出口，绯田猛地意识到了什么，"难道……"

"是的。刚才接到消息，上条先生去世了。"

绯田深深地吸了一口气，僵在原地，耳朵里一阵轰鸣。

"喂，绯田先生，喂！喂！"柚木唤他。

绯田吐出了郁积在胸口的气，心跳瞬间加速。"我听着呢。只是太过突然，一时说不出话。"

"我理解您的心情，我也很震惊。目前还不知道详细情况，听说他的情况突然恶化，然后停止了呼吸。"

"这样啊……"绯田不知道应该说些什么，自责和懊悔在心中扩散。如果自己早一点说出真相，上条先生就没必要那么拐弯抹角了。想到这里，他的心如针扎般疼痛。"我该怎么办？马上去找警察，把一切都说出来吗？"

"我就知道您会这么说。还请您稍等一等。上条先生去世，我想风美会更加伤心。她一直认为上条先生代替她遭遇了车祸，这种时候还是不要再给她施加压力了。如果您对警方坦白了真相，警方肯定会转达给风美的。"

"话虽如此，如果上条先生与风美的关系是破案的关键，我们必须向警方坦白。"

"我明白您的意思，直到刚才我也这么想。不过，上条先生已经去世，那就另当别论了。"

"怎么另当别论？"

"那起案子的起因在上条先生那边。警方搜查KM建设,据说是因为凶手隐藏在公司内部的可能性比较大,也就是说凶手的目标从一开始就是上条先生。"

"是这样啊……"这些绯田还是第一次听说,柚木应该是在得知警方搜查KM建设后,做了大量调查才了解到的。

"凶手的目的是杀死上条先生,但是上条先生一直活到今天。他的死会带来哪些变化?我们静观其变,怎么样?或许会有重大变化,警方以此为契机,从而推动破案。所以,还是先打消跟警方坦白的念头为好。等侦查工作有了进展以后,再告诉风美吧?"

"不行。"绯田立即拒绝,"我跟你说过了,人命攸关,不能只考虑我们自己,无视本可以挽救的生命。"

电话里传来一声叹息。"您好像已经下定决心了。"

"我只是想做身为一个人应该做的事,因为过去已经做错了。"

"我倒不觉得……那您打算什么时候说?"

"毕竟不能在电话里说,看来今晚不行了。明天我到公司把杂事都处理好,然后去富良野。"

"好的,我知道了。"柚木的声音中难掩失落。

"告诉风美之后,我就去报警。我已经决定了。"

"您真是个顽固的人,顽固又强大。"

"强大什么啊。今后,就仰仗你了。"

"明白。只要我能做的,请一定来找我。"

"谢谢。"挂上电话,绯田重重地叹了口气。

上条到底还是死了。绯田不知道到底是怎样的内情让上条成了凶手的目标,但他确实是因为风美来的札幌。

一切都是我的错——抱着这样的想法,今后又如何活下去?而我应该道歉的人已不在这世上了。

正当绯田无力地垂下头时,手机又响了。他那失去焦点的目光投向屏幕,不禁一惊。是风美打来的。他调整好呼吸,如果直接接电话,他怕声音会颤抖。"喂,是我。"他缓慢地说。

"我是风美。爸爸你在哪儿?"

"我正在开往札幌的电车上,有事去了一趟东京。"绯田没告诉风美自己去了长冈。风美这段时间好像忙于训练,没有联系他。

"爸爸听说上条先生的事了吗?"

"听说他过世了。"

"是啊……爸爸,怎么办?"

风美的声音透着一股悲壮,绯田觉得胸口好像被攥住了。风美在呼唤"爸爸",但我不是你爸爸,那个过世的人才是你爸——绯田在心里暗暗坦白。"警察对你说了些什么吗?"

"警察没说什么。上条先生过世的消息,我是从小谷部长那里听说的。"

"小谷先生怎么说?"

"让我别放在心上,说已经查明上条先生的公司也牵涉进那起案子中,和我没有关系。虽然他这么说,可还有恐吓信的事,我想不能当作事不关己。"

是啊,绯田想。一股尽早告诉风美真相的冲动驱使着他。"风美,明天有训练吗?"

"有啊,不过我想请假,打算回一趟札幌。"

"回札幌?"

"我怎么也放心不下上条先生的事。虽然我回札幌也帮不上什么忙……"

正好，绯田想。"好的，那明天我们找个地方一起吃饭吧，有事要对你说。"

"什么事啊？"

"见面再说。时间定下来通知我。"

"知道了，那明天见。"

"嗯。你今晚什么都别想，好好休息。"

"我觉得不太可能，不过我会尽量不去想的。"

挂断电话后，绯田闭上了眼睛。他拼命忍住不让眼泪落下来。

35

柚木乘飞机来到札幌,是在得知上条伸行去世的翌日清晨。细雪纷飞,道路濡湿。

柚木走进车站旁的酒店,环视一楼的休息大厅。小谷就坐在里面的桌子旁,注意到柚木来了,他轻轻挥了挥手。

"情况怎么样?"柚木一坐下就问。服务员走过来,他点了杯咖啡。

"北海道警方都慌了。这也理所当然,因为再也不能从上条伸行那里问出什么了。"

"那他们说过要向绯田风美询问情况吗?"

"很快就会过来吧,真是棘手。"小谷一脸不快。

咖啡端上来了。柚木没加糖,直接喝了一口。

绯田打算今天告诉风美真相,之后应该会找警方。那样一来,警方的侦查方向一定会发生重大变化。有没有什么我能做的?柚木在飞机上一直在思考,但没有找到答案。

"我在电话里跟您汇报过了,KM建设很可能与此案有关。之后北海道警方又找到什么线索没有?"

小谷板着脸,摇摇头说:"如果案子是公司内部纠纷引起的,那么归根到底与绯田风美没有任何关系。如果是这样,那真是谢天谢地。但事情没那么简单,警方还盯着恐吓信不放。"

"是上条先生写的恐吓信吗?"

考虑到恐吓信,柚木也认为风美不可能与案情完全无关,毕竟如果没有恐吓信,上条在札幌被杀甚至可以解释为偶然。

小谷看看手表。"差不多该走了。"

"听说上条夫人会从机场直接坐车去医院?"

小谷点了点头。"是那个姓小田切的秘书打电话说的。"

"上条先生的遗体怎么办?要运回长冈吗?"

"不知道。一般是在这边先火化,但他那样的大人物,应该会用飞机运回去吧?听说殡葬公司的人也会一起过来。"

没有遗体,公司很难举行葬礼吧,柚木想。

二人乘上出租车,前往医院。小谷说要去向上条夫人表达哀悼之意。

"看来没必要低声下气的,只有这点比较轻松。"小谷说,"唯独巴士事故,我们怎么也搪塞不过去。"

"我和上条夫人见过几次,她并没责怪过我们。"

"话虽如此,但带着加害人意识去接触,心情会很沉重吧。社长知道后好像也松了口气。如果是他们公司的内部斗争导致的,那我们就变成了受害者。要是操作得好,我们甚至可以要求对方赔偿。"

柚木默默地叹了口气。一想到绯田父女,就觉得现在顾不上说这些。这时,上衣内侧口袋里的手机振动起来。"不好意思。"柚木拿出手机。是贝冢打来的。"早上好,怎么了?"他问。

"伸吾不见了。"

"啊？"

"伸吾不见了，到处都找不到，他好像今天一早就离开了酒店。柚木，你有什么线索没有？"

"稍等一下，你说他离开了酒店？怎么回事？"

"早上我起床的时候，他就已经不在房间了，他来这里时拿的包也不见了。"

"手机呢？"

"打不通。我问了酒店的人，说有一个像伸吾的男孩坐上巴士离开了。"

"怎么会突然发生这种事……昨天你们那边出什么状况了吗？"

"也没什么特别的，非要说的话，就是那起巴士事故的受害者去世了，总觉得酒店里也因为这个消息变得乱糟糟的。"果然，上条的事也传到了诺斯普莱德酒店。"不过，我之前也跟你说过，最近伸吾一直不对劲，跟他说话时他总是心不在焉，训练也无法专心致志。"

柚木咬住嘴唇。这几天他满脑子都是绯田和上条的事，没顾得上考虑伸吾。确实，贝冢早就跟他说过伸吾最近情况不对劲。

"喂，柚木，你能猜到他去哪儿吗？"

"猜不到。他应该对当地不熟吧？"

"是啊。到底去哪儿了？"贝冢似乎一筹莫展，"难道他回东京了？"

"他没有那么多钱吧？"

"不知道。我没和他聊过那些。"

"总之，再看看情况吧。如果伸吾只是一时任性，说不定没多久自己会回来的，到时候你可别太责备他。"

"我知道，他能回来就好。"

"我们等到下午吧,如果到时他还没回来,再打电话。我会和他父亲联络。"

"好。"

挂掉电话后,柚木向小谷汇报了情况。小谷听后,眉毛耷拉成八字,嘴唇也噘了起来。"到底怎么回事?因为训练太辛苦所以逃了?简直就像相扑馆。难道是贝冢训练太过严苛了吗?"

"我想应该不是。我去看过几次,训练进度安排得很合理。"

"那他为什么要逃走?"

"不知道,而且还不清楚他是否真的逃走了。"

小谷咂嘴,敲了下窗玻璃。"越忙越给我惹事。事到如今,他不会说自己讨厌越野滑雪吧?那样他老爸也会被开除的。"

柚木想说"你没有那么大的权力吧",但忍住了。

医院前站着电视台记者模样的人。该案件在新闻资讯节目中被报道过几次,现在受害者死亡,家属赶赴医院,所以他们也赶了过来。此外,还有其他媒体相关人员在四周徘徊,但气氛并不紧张,因为案件本身并没有太多进展。

果然,他们只在外围守着,连医院都没进。载着柚木二人的出租车经过他们面前,开往医院正门。

这时,一个身影忽然进入柚木的视野。那个身影呆站在离媒体相关人员稍远的地方,穿着旧外套,晒黑的脸上没有一丝精神。柚木思索,为什么他会在这里?

"怎么了?"小谷问。

"没什么。"柚木回答。

医院里除了警察以外,还有发生巴士事故的诺斯普莱德酒店的经理和宣传负责人。受害者死了,他们的表情却让人感到有几分从容。

正如刚才小谷所说，大概是加害人意识已经变淡了一些吧。

上条世津子一行好像还没到。小谷几人开始讨论起丧事礼仪。

"我稍微离开一会儿行吗？"柚木在小谷耳边说。

"可以。怎么了？"

"外面有个熟人……我马上就回来。"

"好。"小谷面露惊讶的神色，点了点头。

柚木出了医院，走向媒体记者扎堆的地方。有人问他发生了什么事，他没有理会。刚才在出租车里看见的男人正坐在护栏上，看着和柚木相反的方向。"你在做什么？"柚木招呼道。

男人转过头来，惊讶地睁大了眼睛，随即长长呼出一口白气。"你也来了啊？对了，你做了绯田风美的宣传员，那孩子说过。"

"你和伸吾经常通话？"

"有时候打打电话，没关系吧？我是他老爸。"

"当然没关系。"这个男人是伸吾的父亲鸟越克哉，在新世开发的相关企业工作，但柚木也不知道具体在哪儿。"我们正想跟你联系呢。其实，伸吾突然离开了集训住的酒店，你知道他去哪儿了吗？"

鸟越克哉缩着脖子，点了点头。"知道，我们直到刚才还在一起。"

"在一起？他是为了见你才溜出酒店的吗？"

"是的，昨晚他打电话过来，我们约好在札幌站见面。我坐今早第一班飞机过来的。你不用担心，我已经跟伸吾说了，让他回酒店。"

柚木听得莫名其妙。"请等一下。你到底是为了什么来和伸吾见面？说起来，你又在这里做什么？按理说你没有理由对这起案件感兴趣啊。"

鸟越克哉紧盯着柚木，用力点头。"是啊。在这里遇见你，也算是巧合吧。那我告诉你也好。"

"什么意思?"

"你来这里也是和那起案件有关吧?那你应该能明白我要说的是什么。"

柚木皱起眉头,盯着鸟越克哉黝黑的脸庞。"关于案件,你知道些什么吗?"

"岂止是知道。"鸟越克哉微微冷笑。

36

健身中心的营业部长拿着辞呈,抬眼瞪着绯田。辞呈是绯田昨晚写的,此时他已身在札幌站旁的公司总部。

"既然你说是健康上的原因,那我也不再多说,但这未免太突然了。之前你说要休息一段时间,现在又要辞职?"

"我知道这么做太过任性,不敢奢望离职补偿金,本月工资也不必发给我了。"绯田仍旧低着头。

"我说的不是这个。说实话,你辞职对我们来说是个重大损失,公司一直希望能借你的知名度来提升形象。"

"我不过是个过去时代的人,知名度很有限,而且过去也没什么了不起的。"

"别这么说。不过,依你的个性,我再怎么挽留也留不住吧?"

"对不起。"绯田说。

"上面由我来说,在公司做出正式决定前,先别对别人说。"

"我知道。"

"真是可惜啊。"

绯田再次低下头，他觉得自己并不值得被惋惜。

"那些家伙在干什么呢？"营业部长将目光投向绯田身后。年轻职员们正聚集在电视机前。"喂，你们在看什么？"营业部长问。

一个男职员朝向这边。"那起巴士起火案件，抓到凶手了。"

绯田瞪大眼睛，跑到电视机前。屏幕上，女记者正在播报。地点很眼熟，正是上条伸行所住的医院前。画面下方打着字幕："巴士起火案凶手自首！"

37

柚木被警方释放时,天色已经昏暗。看看手表,他被扣留了两个多小时,其中大部分时间都在等待对鸟越克哉的讯问结束。

柚木用手机联络上小谷,二人立刻在札幌站附近的酒店会合。小谷明显一副狼狈的样子。上条伸行遇害一案,小谷本以为与新世开发毫无关系,没想到分公司的职员却供认了罪行。

负责询问柚木的是木原和西岛两名刑警。嫌疑人来自首,他们的表情却难掩失望,柚木后来才知道了其中缘由。

第一个问题是:今天遇见鸟越克哉是否偶然。当然——柚木回答。他因为收到上条伸行死亡的消息前往医院,没想到鸟越在那里。因为太过意外,柚木主动打了招呼。

刑警接下来的问题是:鸟越对他说了什么。柚木一五一十地回答了。似乎柚木说的内容和鸟越的供述一致,刑警默默点了点头。

刑警又问柚木如何看待鸟越的犯罪动机,可能他们认为这和柚木颇有关系。

"不知道。"柚木如实地回答。他完全没想到会在那种形势下被人告知那种事情,所以当时脑子有点乱。

"鸟越说'想救儿子',你怎么看?"木原问。

至此,柚木只能摇头。"我们从没想忽视伸吾的个人意志,也从未强制他做什么。他随时可以放弃滑雪。所以鸟越先生那么说,我真的很意外。"

"鸟越说他儿子无法说出口,他说伸吾以为如果自己放弃滑雪,父亲就会被公司解雇,所以一直在忍耐。"

"我们的确承诺过,如果伸吾进入新世开发滑雪部,就会给鸟越先生介绍工作,但是否接受是他们的自由。"

"原来如此。"刑警的语气有些冰冷。

最后一个问题是:是否知道是谁在背后操纵鸟越。柚木明确说他想不出,他确实没有任何头绪。

刑警们都苦着脸。实施犯罪的嫌疑人已经自首,但如果找不到幕后指使者,就算不上真正破案。

坐在前往酒店的出租车上,柚木回想着和鸟越克哉之间的对话。当柚木问鸟越关于案件知道些什么时,鸟越回答"岂止是知道"。他回答时,脸上带着有些自嘲的笑容。

"制造那起事故的人是我,我就是凶手。"

这话太出乎意料,柚木花了几秒钟才理解,之后他倒吸了一口凉气。"不会吧?"他喃喃道。

"你可能不相信吧?但这是真的,就是我干的。一时冲动。我真是个傻瓜。"鸟越克哉的笑容渐渐扭曲,不久变得满面愁容,他摇了摇头。

"到底是怎么回事?请解释一下。"柚木问。

鸟越搓了搓脸,说:"为了伸吾,我想帮伸吾做点什么。"

"帮伸吾？什么意思？"

"那小子并不想当滑雪运动员，你也知道，是吧？他喜欢音乐，从小就喜欢，小时候吹口琴吹上一整天也不腻。伸吾以前就说过将来要当音乐家，但是仅仅因为自己老爸没正式工作、挣不到钱，他不得不放弃这个梦想。别人给他老爸安排工作，作为交换，他决定开始练习自己并不喜欢的滑雪。最近，我一次也没见过他的笑脸。他在压抑着自己啊。几个星期前，难得别人送给他吉他曲的DVD，他却怕我多想，竟然把DVD扔到了垃圾桶里。那时我就想，不能再这样下去，我要帮他。所以我决定按对方说的做。"

"按对方说的做？"柚木皱起眉头。

"那时，我收到一封奇怪的邮件。虽然我不知道发件人是谁，但对方很了解我和伸吾的情况。邮件的内容是，如果我能协助他，他就会支付我相应的酬劳。一开始我以为是恶作剧，没有理会。但对方又好几次发来邮件，甚至还说，如果我不相信，可以预付订金。于是我试着回了邮件，问对方是谁，到底需要我协助什么。对方很快就回复了。对方在邮件中没告诉我身份，但写了协助的内容。我读后吓了一跳，因为他想要我协助的是让新世开发滑雪部的绯田风美受伤。"

"什么？"

"我觉得这件事很危险，考虑之后决定不理会，但对方撒下的诱饵动摇了我的决心。对方说，如果绯田风美受伤，新世开发滑雪部失去了明星，预算就会被削减，滑雪部的处境就会变得很尴尬，而很可能最先被剔除的就是青少年俱乐部。这样，伸吾就自由了。同时，我们也没有过错，所以我自然也不会被新世开发解雇。这些对我来说，是很有吸引力的诱饵。"

"一石二鸟吗？"虽然不知道对方是谁，但这引诱真是巧妙。柚木不禁感到佩服。

"尽管犹豫，我还是回了信，问怎样让绯田风美受伤，我需要做什么。然后对方寄给我一个小箱子，里面装着我从未见过的手工机器装置和一百万日元现金。机器能安装在巴士的发动机舱，带有安装说明书，而一百万日元就是订金。这时我才意识到，邮件的发件人是认真的。现在回想起来，那时我就应该报警，但我当时觉得开弓没有回头箭，也只能去做了。"

"那天你在诺斯普莱德酒店吗？"

鸟越克哉点点头。"是的，那天我跟公司请假，特意来到了北海道。"

"为什么要选择那一天？"

"因为我知道那天绯田风美会单独离开酒店。如果想要在区间巴士上安装装置，只有那一天合适。"

"你是怎么知道她的行程的？"

听了柚木的问题，鸟越克哉面露尴尬。看到鸟越的表情，柚木恍然大悟。"是伸吾告诉你的？"

"在那几天前，我给伸吾打了电话，告诉他我可能最近去札幌出差，如果有时间会去见他，让他告诉我滑雪部的行程。他没有任何怀疑，用邮件给我发了日程表，里面也写有绯田风美的行程安排。我觉得如果错过那天，以后大概再也没有机会了，所以很着急。"

"你在酒店见到伸吾了吗？"

"当然，这样就算万一有人看见我，我也可以撒谎说是来看儿子。我们在酒店的烘干室见了面。短短几天时间，伸吾瘦了很多。说起来，当时我还和绯田风美擦肩而过呢。但我很小心，没让她看见我的脸。"

"然后你就在那辆巴士上安装了装置？"

"是的，我推算出绯田风美几点坐巴士，就根据那个时间安装了。然后我在租来的车里观察情况。绯田风美按原定计划出现了，我松了一口气。车上还有一个男乘客，我觉得那也没办法，甚至想幸好牵连进去的只有他和司机两个人。我放下心来，按下了装置开关。"

"开关？"

"安装的装置可以通过无线开关来启动。我打算如果绯田风美不来坐巴士，我就不按开关，等巴士回到酒店后，再把装置卸下来。"

柚木点点头。计划十分周密，当然，大概这不是鸟越克哉想出的计划。

"但在巴士马上要开出时，一件万万没想到的事发生了。绯田风美竟然下车了！我慌了神，但已经来不及。装置已经启动，巴士已经出发了。我祈祷机器运行出故障，但这祈祷没能实现。知道车祸发生时，我眼前一片漆黑。我不知如何是好，想着只有先离开现场，所以我在交通管制前离开了酒店。从事故现场旁边经过时，我在心中合掌向神明祈祷，保佑没有人受重伤。"鸟越克哉双手合十，仿佛是在再现当时的情景，声音有些哽咽。

柚木感到困惑，因为他一直以为那件事针对的是上条伸行，但根据刚才的对话，鸟越克哉并没有那种意图，他连上条伸行的模样都不清楚。那么，他所安装的机器装置的零件和KM建设有关又是怎么回事？柚木不认为那是偶然。

"我说的这些都是我做的，虽然是受人指使，但还是害死了人。我不知道到底怎么办才好，昨天半夜正抱头苦恼时，伸吾打来了电话。你知道他说什么吗？他突然说'巴士事故的凶手是爸爸吧'，我吓了一跳，回答说'你在说什么呀'，可嗓子都破音了。他让我向他坦白，我马上就举白旗投降了,说'是的,你猜得很准'。我说我有很多苦衷,他说他想也是。我们决定先见面再说,所以今早我俩在札幌站见了面。"

原来如此。柚木多少明白了伸吾能发现真相的理由。那是什么时候来着?他没察觉伸吾在旁边,在餐厅跟贝冢讲起了案件的事情,话题好像是"凶手可能拿到了滑雪部的日程安排"。听了他们的对话后,伸吾开始怀疑起了父亲吧?说起来,贝冢也正好是从那个时候开始说伸吾变得有些奇怪的。

"今天早上,你和伸吾说了些什么?"

"我坦白了所有的事,向他道歉。我以为都是为了他,结果却害他背上心理负担。我就是个笨蛋,没资格做他的父亲。"鸟越克哉吸了吸鼻子。

"伸吾听到后什么反应?"

"我以为他会生气,他却意外地冷静,大概已经有了思想准备。他和我完全不同,听我说完后他问我是要自首吗,我说是。所以,今天我就到这里来了。"

"你真的要自首?"柚木确认道。

"我不是已经在这里了吗?那位去世乘客的妻子马上就要到了吧?我先向他们道歉,然后让他们报警。"鸟越克哉认真地看着柚木。

"后来,你又收到那个人的邮件了吗?"

"没有,那家伙大概也慌了,可能没想到我会出这么大的差错吧。"鸟越克哉流着眼泪,嘿嘿地笑了笑。

没过多久,上条世津子一行到达医院。鸟越克哉说了声"我去了",但刚抬起脚,马上又停下,回头道:"柚木先生,你知道吗?布谷鸟会将蛋产在其他鸟的巢中,比如伯劳、黄眉䴗,让它们抚养自己的孩子。"

"听说过,这称为巢寄生吧?"柚木回答,但他不知道鸟越克哉想要表达什么。

"我认为,天赋的遗传就像布谷鸟的蛋,在本人毫不知晓的情况下悄悄被放进体内。伸吾的体力比别人好,就是因为我在他的血液里放进了布谷鸟的蛋,但我不知道他是否会高兴。"

柚木觉得这个想法很有趣,点了点头。"然后呢?"

"不过,那枚布谷鸟的蛋不是我的,是伸吾的,只属于伸吾,不属于其他任何人。柚木先生,它也不属于你。"

柚木终于明白了鸟越克哉想要表达的意思,沉默不语。

"请让伸吾按照自己喜欢的方式去做吧,求你了!"鸟越克哉低下了头。

"我会向上面转达。"

听了柚木的回答,也许是放心了,鸟越克哉脸上浮现出发自内心的笑容,不过转瞬又严肃起来。他转过身走向医院。这一次,他的脚步没有一丝犹豫。

38

一直在酒店房间里等待的小谷听完柚木的话，双手抱头许久，呻吟了两声，仰起扭曲的脸。"糟透了！怎么向上面报告呢？"

"只能实话实说了。"

"你说得倒轻松。你不是新世开发的正式员工，可能觉得和自己没太大关系，但是运动科学研究所也是岌岌可危。如果大家知道了案件的起因在于强行让鸟越伸吾加入俱乐部，研究所一定会受到舆论的抨击，甚至会面临被关闭的危险。"

柚木耸耸肩。"那也没办法，真到了那个地步，也只能放弃了。"

"你倒是看得开。"

"也不是，事实上，我有点迷茫。"

"迷茫什么？"

"迄今为止的想法和做法。我一直相信能否充分发挥各自的天赋关乎幸福。不管是体育还是艺术，如果取得了比他人优异的成绩，任谁都会乐在其中。即便是一开始不喜欢，也会渐渐喜欢上，如果能将之升华为生存价值就再好不过了。"

"我也有同感。"

"不过有些人不这么想。即使他们才华盖世，也并不快乐。鸟越伸吾便是其中之一。对他来说，参加奥运会并不是他的梦想，他的梦想是弹吉他，随心所欲地弹吉他。哪怕不成为专业的音乐人，哪怕没有一个观众，只要接触音乐，就能感受到幸福。对这种人说'你有天赋'，逼他做不喜欢的事，难道不是在无视他的人格吗？"

"你说得太夸张了吧。如果这么说，世间的父母情何以堪？大部分孩子都不爱学习，父母却逼着他上辅导班、给他们请家教，想让他们获得更高的学历，这一切都是为了他们的将来做打算。我们挖掘有运动天赋的人，并往这方面引导培养，有什么不好？"

"如果是一个没有任何梦想的人，这么做也许是好事，可是鸟越伸吾有自己的梦想，谁也没有权力阻挠他。"

小谷抱起胳膊，眉头紧皱。"研究怎么办？不做了？"

"怎么可能？"柚木用力地摇了摇头，"我将继续研究运动基因，即使新世开发不做了，我也会换个别的地方继续做。"

"你也是在追求你的梦想啊。对了，到底怎么回事？是谁想让绯田风美受伤？"

"我不知道。不过，我觉得警方迟早会查明。"

"你有依据吗？"小谷瞪大了眼睛。

"没什么依据，只是感觉。"

"什么？只是乐观的推测？我可正在头疼怎么向上面解释呢！"小谷苦着脸，撇了撇嘴。

柚木喝着凉透的咖啡，想着一会儿得向绯田说明情况。绯田告诉风美真相了吗？依照绯田的性格，不管别人说什么，他都不会改变决心。向风美坦承一切后，绯田一定会去警察那里的。

247

鸟越克哉袭击的对象是绯田风美，虽然令人意外，但柚木认为上条伸行应该也牵涉其中。如果警方知道他们是父女，侦查工作肯定会有进展。

或许再也看不到绯田风美滑雪的飒爽英姿了，柚木已有思想准备。新世开发在高山滑雪和越野滑雪两个项目上都将失去金蛋，不，借用鸟越克哉的话，应该是布谷鸟的蛋。

血缘真是可怕，柚木暗想。鸟越克哉因此犯罪，绯田宏昌因此不得不与风美分离。血缘绝不仅仅是美好的。

39

吃完甜点，服务员端来了咖啡。绯田一边加牛奶，一边看着用小匙吃着冰激凌的风美。这里是大通公园旁边的酒店，二人在二楼的法式餐厅用餐。

"怎么样？吃饱了吗？"

"吃饱了。"风美吃完冰激凌，用餐巾擦了擦嘴角，"好久没吃法国料理了，或者说好多年没和爸爸一起在外面吃饭了。"

"因为机会越来越少啊。"

"爸爸曾说，如果开始正式的竞技生活，和家人见面的机会就会减少。今后十年我可能要和'团聚'一词无缘了。"

"也有能兼顾的运动员。"

"我可不行，没那么厉害。如果爸爸原来不是滑雪运动员，我也许会和爸爸更疏远吧。"

绯田点着头，胸口隐隐作痛。风美一直相信他是自己唯一的家人，觉得和他在一起是"团聚"。可我不是你的家人啊，绯田在心里呢喃，以后恐怕不会再一起吃饭了。

风美看看手表，微微侧头。

"怎么了？赶时间吗？"

"不是，只是觉得这时候队里应该收到一些消息。凶手不是已经抓到了吗？我想早点知道怎么回事。"

绯田想了想，开口道："我也不太清楚，警方的调查还没结束，结束之前应该不会有什么确切消息吧？"

"是吗？不过我还是放心不下，要是能破案就好了。"

"不用担心，早晚会真相大白的。"

"是啊。"风美微笑着把杯子端到了嘴边。

绯田一边喝咖啡，一边想着在见风美前接到柚木那通电话。令人吃惊的是，嫌疑人自首前竟然和柚木谈过话，柚木打电话来就是告诉绯田谈话内容的。

嫌疑人是隶属新世开发滑雪部的青少年俱乐部里一个运动员的父亲。不过，这个人只是别人花钱雇的，背后主谋另有其人，至于是谁还不知道。但凶手的目标不是上条伸行，而是风美，这让绯田放心不下。不管怎样，必须尽快把上条伸行和风美的关系告诉警方，这也许和案件的根源密切相关。

"对了，爸爸要跟我说什么？爸爸约我吃饭不是有话要和我说吗？"风美问道。

"嗯，是的。不过，咱们还是先吃饭吧。"绯田直了直腰，喝了一口玻璃杯中的水。如何开口呢？直到进这家餐厅的时候也没想好。绯田打算见到风美后再慢慢想，可最终也没想到合适的说法。他不希望风美因此受到打击，但后来觉得那不可能，放弃了这个想法。"听着，风美，你要冷静，事关重大。"

"什么？"风美皱起了眉头。

"本该早就告诉你,可是我总说不出口,其实,你……"不是我们的孩子——绯田正要说出这句话,上衣内侧口袋的手机振动起来,他忘记关机了。

掏出手机一看,原来是来了邮件。绯田想一会儿再看,但瞥了一眼小标题,大吃一惊。发件人完全出乎他的意料,邮件标题是"我是上条文也"。"等一下。"绯田对风美说,打开了邮件。读了内容后,绯田十分震惊。邮件是这样写的:

突然给您发邮件,十分抱歉,因为我想越早告诉您越好。您已将一切都告诉风美了吗?如果还没有,希望您打消这个念头。如果还有可能,请您像以前一样,继续当她的父亲。不用担心我,我已经不需要骨髓捐献者了。这次的案件不久就会水落石出。您和风美没有任何过错,让你们遭遇不幸并非我的本意。一切都是家父的错,我觉得他的死是上天的惩罚。我衷心希望这封邮件能及时送达。

祝您幸福!

上条文也

绯田拿着手机猛地站起身,那架势让风美瞪大了眼睛。风美吃惊地问:"怎么了?"

"我去打个电话。"绯田快步走向门口。他离开餐厅,拨通了柚木的手机,很快就接通了。

"怎么了?风美有什么情况吗?"柚木急切地问。

"没有,我还没告诉她,正准备告诉她时收到了一封意外的邮件。"绯田将回札幌前和上条文也见面一事和刚才邮件的内容告诉了柚木。

"怎么回事？上条先生的儿子怎么会知道您和风美的关系？"

"不清楚，想必文也是下了什么重大的决心。能帮我查一下吗？"

"好，我试着联系一下上条家。"

"拜托了，我只能依靠你了。"

绯田回到座位上，风美疑惑地问："到底出什么事了？"

"嗯，有点事，不过和你没什么关系。"

"哦。"风美似乎并没有完全相信，"对了，爸爸刚才要说什么？"

"嗯……"绯田又喝下一口水。看到那封邮件后，告诉风美真相的决心再次动摇，他想再等等柚木的消息。"其实……我早就想和你说了，我决定不再对你做的事指手画脚。你已经是一名可以独当一面的滑雪运动员了，而且现在的装备、技术和我那时完全不一样，所以你也不能再依赖我了。"

风美眨眨眼。"爸爸就是想和我说这个呀？"

"也许你觉得没有必要，但这对我来说很重要，承认你已经长大成人是需要勇气的。"

风美低下头，沉默片刻后抬起头，脸上带着微笑。"我懂了，今后无论遇到什么事都要自己决定，无论出现任何结果都要自己承担。"

"就是这样。"

"作为一名滑雪运动员，我可以离开爸爸独立了。可是，我们还是父女，今后爸爸还是我的人生导师。"

听了风美的话，绯田胸口涌起一阵暖流，瞬间刺激到了泪腺。他拼命忍住不让眼泪流下来。

离开餐厅，绯田把风美送到札幌站，风美今晚必须赶回富良野。目送着风美乘坐的列车离开，绯田自问：这样真的可以吗？虽然不知道上条文也的那封邮件用意何在，但他觉得继续隐瞒真相在道义上是不允许的。

　　离开札幌站,手机响了,是柚木打来的。绯田刚接起电话,就听到柚木说:"大事不好了!"

　　"出什么事了?"

　　"上条文也服毒自杀了!"

　　"什么?"绯田握紧了手机,"真的吗?什么时候?在哪儿?"

　　"详细情况不清楚,是在病房离世的,就在刚才。他留下了一封遗书,好像是坦白了自己的罪行。"

　　"罪行?"

　　"是的,这次案件的主谋就是他。"

40

第二天，警方公布了上条文也遗书的一部分。遗书称他雇用鸟越克哉伤害风美，完全是出于忌妒。

身患白血病，别说是体育运动，就连日常生活也出现了诸多不便，他每天都活在绝望当中。听到父亲兴奋地谈着女滑雪运动员时，他心里萌生出强烈的妒忌之情。让她受伤，断送她的运动生涯，那该多痛快！这种扭曲的想法在他心中不断地膨胀。他还特别想让父亲失望，因为父亲居然撇下他这个生病的儿子不管，一门心思地支持这个女滑雪运动员。

于是，上条文也雇用了侦探，彻底调查了绯田风美。在调查过程中，他注意到了鸟越克哉，觉得一定能说动他，就给他发了邮件。

邮寄给鸟越克哉的机器装置是上条文也在病房用公司工厂里的零件和网购的配件组装的，这种装置能在车辆行驶不久后切断刹车油管。本就喜欢制作模型，住院期间也一直在做，所以并未引起周围的怀疑。此外，邮寄是交给秘书做的，但她什么也不知道。

然而，和鸟越克哉的往来邮件似乎被上条伸行发现了。为阻止儿子犯罪，惊慌失措的上条伸行去了札幌，同时给新世开发寄了恐吓信，声称绯田风美的性命有危险，希望风美因此能够得到警方的保护。

可是结果相当讽刺。绯田风美没有受伤，上条伸行却死了。

鸟越克哉已经自首，上条文也认为警方找到自己只是时间问题，于是选择了自杀。一切皆因自己的软弱、卑鄙、忌妒和猜疑，他不做任何辩解，只是请大家不要责怪他的母亲，她是加害人的母亲，同时也是受害者的妻子，看在自己以死谢罪的分上，请大家不要惊扰她。

以上就是遗书的大致内容。

警方根据遗书进行了查证，也重新询问了风美，结果表明事实和遗书没有矛盾，原来无法解释的地方也变得合情合理了。

就这样，案件以嫌疑人死亡的形式落幕。

41

收拾出的行李比想象中少得多，因为滑雪装备几乎都是从新世开发借来的，自己带来的私人物品只有内衣和几件换洗的衣服，还有DVD及播放机。伸吾环顾室内，确认再没有忘记的东西后，向坐在桌旁的贝冢打招呼。"我收拾好了。"

贝冢答应了一声，还在写着什么。伸吾在一旁等候。

"好，我这边也写好了。"贝冢挥了挥手里的文件，"这是集训完毕的确认书，好像如果不提交这个，公司就不给支付费用。"

其实不是"集训完毕"，而是结束和伸吾的关系，使用这个词是贝冢特有的体贴吧。"对不起。"伸吾挤出一句。

"不要道歉了。走吧。"贝冢站起身来。他的行李已经收拾好放到车上了。

二人出了房间，走在酒店的走廊上。时间虽短，但来到这里后经历了很多事情。生平第一次在雪地上奔跑、滑行，认识了几个人，然后又产生了大到可以把这些都吞没的苦恼。

对父亲心生怀疑是在案件发生之后，被刑警询问有没有看到什么可疑的人的时候。那不仅仅是一场事故，他凭直觉认定此事与父亲有关。父亲还叮嘱自己别告诉任何人他来过这里。从某种意义上来说，父亲就是可疑的人。

后来听到柚木和贝冢的对话，他受到了冲击。事故果然是事先策划好的，目标是绯田风美。这样，凶手必然是对绯田风美或新世开发怀有敌意的人，而且案发之前，克哉对伸吾说想看滑雪部的日程表。

凶手难道是爸爸？这一怀疑在伸吾的脑海中挥之不去。一想到这件事，他便觉得一切都令人绝望，根本无暇顾及训练。

得知受害者去世时，伸吾心里好像有什么东西突然断了。他马上给克哉打了电话。伸吾还不会委婉迂回地寻问，他直截了当地问道："巴士事故的凶手是爸爸吧？"

克哉没有敷衍，哭着承认了犯罪事实。不可思议的是，伸吾心里仿佛一块石头落了地，觉得一阵轻松，得到了解脱。不过，他马上又被拉回了现实。

他们约好第二天早上在札幌站见面，随即挂断了电话。伸吾躺在床上，毫无睡意，泪水止不住地流。为了不被同屋的贝冢看见，他用毛毯蒙住了头。

在札幌站见面后，父子俩走进了自助咖啡厅。克哉十分消瘦。在他向伸吾详细地解释经过时，伸吾渐渐明白了他的动机：原来他一直深受罪恶感的折磨。

"我现在去自首。"克哉离开了座位。伸吾"嗯"了一声，也站起身来。欧蕾咖啡和薯条是父子俩的最后一餐。

克哉自首后，警察又来到酒店。伸吾向几个刑警重复了同样的话，他并没有说谎，除了"讨厌死了越野滑雪"这句话。其实，伸吾并不讨厌滑雪，而是反感别人替他决定人生。邂逅了藤井和黑泽以后，他对体育运动的看法有了很大的改观。但是，这些伸吾都没对刑警说。父亲是为了拯救儿子才一时冲动做下傻事，伸吾必须强调这一动机。

新世开发撤销了滑雪部的青少年俱乐部。如何安置伸吾还没有决定，暂时由贝冢照顾他。

来到一楼大厅，贝冢去前台结账。伸吾眺望窗外，发现了藤井的身影。于是他告诉贝冢要和藤井打个招呼，来到了外面。运动鞋陷在雪里，迈步有些艰难，但他还是跑向了正在做准备的藤井。

"嗨。"

"咦，今天休息？"藤井一脸诧异，可能是因为看到伸吾没穿滑雪服，他好像并不知道那起案件的凶手是伸吾的父亲。

"嗯，集训已经结束，要回东京了。"伸吾答道。

"是嘛。还真舍不得你走。"藤井一脸遗憾地问，"下次什么时候来？"

"我也不知道……"

"下次来还能一起滑雪就好了。在你来之前，我会努力练习的。"藤井眯起眼睛。

"嗯，要注意身体啊，会很辛苦的。"

藤井有些不服气似的皱了皱眉，歪着头说："喂，你也许是听谁提起过我的病，和那没关系，我可不想让别人同情。"

"不是同情，我确实觉得你很厉害。"

藤井摇了摇竖起的食指。"不需要。为了和病魔斗争而运动，现在已经不流行了。我是有目标的。你知道冬战教吗？冬天的冬，战斗的战，教育的教。"藤井告诉他冬战教的正式名称是"冬季战技教育队"，是札幌陆上自卫队的冬季专业部队。

"我的梦想就是加入这个部队，参加冬季两项。你听说过冬季两项吗？是越野滑雪和射击结合在一起的竞赛项目，如果能进到部队，就可以尽情练习射击了。"藤井摆出了一个端起来复枪射击的姿势，"有钱拿，还能射击，很酷吧？"

伸吾望着稚气未脱的藤井，不禁被逗笑了。人不可貌相，对待运动的态度各不相同。

"你多保重。"藤井说。

"再见。"伸吾挥了挥手，转身离开。来到这里，发生了许多事情，现在想来，滑雪对于自己的人生来说也并不是什么坏事。

42

　　调整了一下望远镜的焦距后，绯田做了个深呼吸，冷空气激得肺里冰凉，但发热的身体极为畅快。户外的气温绝对不算高，之所以身体会发热，还是兴奋的缘故。

　　绯田凝视着旗门，确认场地的布局。这是一个可以大胆进攻的路线，但也到处设有陷阱。他在心里默念着：太过得意就会摔跟头啊。

　　有人拍了拍绯田的肩膀。绯田放下望远镜，回头一看，柚木正冲着他笑。

　　"快开始了。"

　　"嗯。"绯田点点头，不知为何有点难为情。

　　"您给她什么建议了吗？"

　　"没有，我什么都没说，她已经独立了。"

　　"这样啊。"

　　"你现在做什么呢？还在做研究吗？"

　　"那是我的老本行啊。"

"不错，祝你的研究结出硕果。这可不是挖苦的话。"

"谢谢。"柚木点头致意。

"你真的帮了我很多，还背上了一个大秘密，我感到非常抱歉。"

柚木沉默不语，轻轻摇了摇头。

宣布比赛开始的广播声传了过来，之后没多久，第一个运动员出发了。从绯田他们的位置是看不见的，他们只能看大屏幕上的身影。想看到运动员得等他们滑下来。

不久，能亲眼看到第一个运动员了。绯田端起望远镜，这是一名奥地利运动员，不愧是排名前十的运动员，她轻而易举地避开了路线上设置的陷阱。

风美还差得远呢——绯田再次感受到。但是，绯田想，对风美来说，能在这里滑雪应该就会感到无比喜悦了吧，而能够这样观看风美滑雪的自己也是幸福的。

一切都多亏了那个人——

上条文也去世后的第二天，绯田收到了一封信。是文也写的。

　　我写这封信，是因为无论如何都想告诉您真相。当这封信寄到您手里的时候，我已经不在这个世界了吧。

　　我已经给警察写了承认犯罪的信，但那里面有与事实不符之处。而那些，我只想向您倾诉。

　　一切都开始于大约二十年前父亲犯下的错误。父亲虽是有妇之夫，却与一个叫畑中弘惠的女人发生了关系，甚至还让她怀上了孩子。而他的妻子，即我的母亲，几乎同时怀孕了。这两个女人相继生下了孩子，两个都是女孩，但是境遇完全不同。

畑中女士凝视着婴儿，觉得孩子很可怜，她想，为什么自己的孩子就得不到大家的祝福呢？她虽然刚生产不久，却在一天晚上做出了骇人听闻的举动。她潜入医院，抱走了我母亲的孩子，但并不是绑架，而是她本打算让父亲来接孩子。那么做只是为了让父亲痛苦，哪怕暂时也好。

但是，意外发生了。由于畑中女士的失误，被她抱走的婴儿夭折了。一番痛苦挣扎后，她选择了死亡，而且是用焚身自杀这种激烈的方法。在自杀前，她把自己的女儿托付给了朋友。

为什么我会知道得如此详细呢？您大概觉得很不可思议吧？事实上，畑中女士在死前和我一样寄出了信，收信人自然是我父亲。那封信长期保存在父亲的书房里，有一天偶然被我看见了。那封信的末尾还按着血指印，似乎包含了她必死的决心。

从那以后，我开始蔑视、憎恨父亲。本想狠狠声讨他，但若是那样做，母亲就会受到伤害，所以我一直忍耐着。

我以前就知道风美，因为父亲调查过她。没多久，我就发现她是畑中女士的女儿。事先声明，我从来没恨过风美。很显然，她并没有责任。她也是可怜的受害者。

然而，意外降临在我身上。我得了白血病，必须找到骨髓捐献者，但那并不容易。

很快，我知道了父亲开始关注风美。因为他向医生打听过同父异母兄妹的配型成功率。我想，哪怕挽救不了自己的生命，我也必须要阻止这件事。如果父亲得逞，母亲就会知道十九年前发生的一切。

于是，我匿名给父亲发送了警告信，内容是'不要接近绯田风美，如果无视此警告，她的性命就会有危险'。父亲看到信后，竟采取了出人意料的行动。是的，他给新世开发寄了恐吓信，企图能让风美受到保护。当然，我得知这件事已经是在此次案件发生之后了。

发现警告信无效，我决定实施犯罪。

想让父亲放弃让风美做捐献者，就要剥夺她的捐献资格。我决定让她受伤。身体健康是成为捐献者的绝对条件，如果她受了伤，至少在一年内不能做捐献者，而我的身体绝对维持不到那个时候。

对于利用鸟越克哉一事，我感到心痛。

在调查新世开发滑雪部时，我知道了他的处境，抓住了他的弱点。对于无法自由行动的我来说，无论如何都需要有人能成为我的手和脚。

但命运真的是很讽刺。

我用完全不同的方式成功阻止了父亲的计划。我让父亲遭遇了车祸。我觉得那不仅是上天对父亲的惩罚，也是上天对我的惩罚。上天在责备我，责备我不应该采取这样扭曲的方式，而是应该用其他方法探索解决之道。

案发后，我开始考虑自杀，但是情况一直不允许。父亲虽然昏迷不醒，但仍然活着，如果他恢复了意识，那又会怎样？父亲会供认一切吧？一想到这里，我就无法选择死亡。

在我正愁闷的时候，您来了。

和您说话期间，我察觉到了您的意图。您为了救我的性命，打算向风美坦白一切。

我不得不嘲笑父亲的愚蠢。如果他不玩弄花招，直接全部告诉您，告诉您想要确认风美能否成为捐献者，您一定不会拒绝吧。

父亲昨晚去世了，接着鸟越克哉也向警方自首。

这样，一切总算要结束了。但在那之前，我还有应做的事。一，要让警方不挖掘过去，写出他们能认可的遗书；二，要让您放弃向风美坦白的念头。你们没有任何罪过，我不能让如此努力又诚实地活着的人受到我们的牵连。

所以，我写下了这封信。

信太长，我就不用邮件发送了。我另写了阻止您坦白的邮件，打算随后发给您，希望能来得及。

绯田先生，您是个很好的人，请永远做风美的父亲。拜托了。

读完这封信，绯田终于知道了真相，这远远超出了他的想象。确实，他在读警方公布的上条文也的遗书时，总觉得有一丝奇怪，但他做梦也没想到，这背后有考虑如此深入彻底的计划。

这封信也揭开了那枚血指印的谜团，那恐怕是畑中弘惠摁在遗书中的。上条为了做DNA鉴定，将血指印从那封遗书中剪了下来。遗书的正文至今也没找到，估计上条伸行已经处理掉了。

绯田很苦恼，犹豫着应不应该把这封信交给警方。为了保护上条文也的名誉，交给警方固然比较好，但那是违反他遗志的行为。

苦苦思索了几天后，绯田决定按照上条文也信上说的去做。他不知道身为一个人，这样的判断是否正确，但为了守护自己最珍惜的事物，应该怎么做呢？他思索后得出了现在的结论。

"绯田先生，终于到了！"柚木在喊他。绯田回过神来。不知不觉中,很多运动员已经滑完了。他盯着大屏幕,上面正是做出出发姿势的风美。

即使上天降下惩罚——

那也只降到我一个人身上好了,绯田想。布谷鸟的雏鸟是无罪的,我不会让这孩子遭受任何惩罚。如果惩罚来了,我会豁出生命。

他举起了望远镜。

图书在版编目（CIP）数据

布谷鸟的蛋 /（日）东野圭吾著；孟海霞译. -- 海口：南海出版公司，2019.11
（东野圭吾作品）
ISBN 978-7-5442-8067-9

Ⅰ. ①布… Ⅱ. ①东… ②孟… Ⅲ. ①长篇小说－日本－现代 Ⅳ. ① I313.45

中国版本图书馆 CIP 数据核字（2019）第 164887 号

著作权合同登记号　图字：30-2019-056

KAKKOU NO TAMAGO WA DARE NO MONO
© Keigo Higashino 2010
All rights reserved.
Original Japanese edition published by Kobunsha Co., Ltd.
Publishing rights for Simplified Chinese character arranged with Kobunsha Co., Ltd. through KODANSHA LTD., Tokyo and KODANSHA BEIJING CULTURE LTD. Beijing, China.

布谷鸟的蛋
〔日〕东野圭吾 著
孟海霞 译

出　　版	南海出版公司　（0898）66568511
	海口市海秀中路51号星华大厦五楼　邮编 570206
发　　行	新经典发行有限公司
	电话(010)68423599　邮箱 editor@readinglife.com
经　　销	新华书店
责任编辑	张　锐
特邀编辑	杨雯潇　王　雪
营销编辑	柳艳娇　范雅迪　李鹏举
装帧设计	李照祥
内文制作	王春雪
印　　刷	唐山富达印务有限公司
开　　本	890毫米×1270毫米　1/32
印　　张	8.5
字　　数	197千
版　　次	2019年11月第1版
印　　次	2019年11月第1次印刷
书　　号	ISBN 978-7-5442-8067-9
定　　价	49.00元

版权所有，侵权必究
如有印装质量问题，请发邮件至 zhiliang@readinglife.com